週末飲茶

DO

Weekend
Dim Sum

01

第一冊

Weekend
Dim Sum

週末飲茶創刊詞

　　第一期《週末飲茶》，從零到整，由二〇二一至二〇二二，一個想法變成一本書。籌備時間不長卻跨越了一個年度，過程輕鬆毫無負擔。這得力於編輯委員會的各位懷著一腔熱血，都有一致理想與目標。各位更像採茶人，收成茶葉且保持新鮮與完整，經過製茶工序將一抹綠意送到讀者手上，大家接下來只需慢慢品嚐即可。

　　「去茶樓飲茶」儼然是香港的特色之一，「香片」、「普洱」、「鐵觀音」等已經是老饕們的固定茶飲。週末必是親朋好友相聚良機，沏上一壺茶，再叫上「一盅兩件」，可品百味人生。茶局不再局限於飲食，更多的是大家空閒時相聚在酒樓茶市談天論地。友人傾談之間，內容往往沒有目的，可從日常瑣事談到變改世事。正如本期刊不設主題與形式，開放自由空間給各位友人說東說西。因此，期刊除了是談古說今的園地，還是讀者的「茶飲」。多元化的稿件如同一杯杯不同的茶，豐富內涵濃淡相宜，任君選擇。捧上這一本書與書中的友人聚首，從散文小說到評論隨筆，處處皆可欣賞。

　　古往今來，茶是一種文化。唐代陸羽寫出了第一部茶學專著《茶經》，宋時蘇軾〈望江南〉：「且將新火試新茶。詩酒趁年華。」，直至現今茶變成普羅大眾的消遣文化。茶與文字的搭配，既是一種樂趣，也滋養著

文人雅士的創作靈感。茶煙繚繞，借茶抒發情致。淡淡茶香放鬆心情、釋放壓力，因此這本也是大家逃離現實荒謬的一個小天地。

　　未來希望《週末飲茶》有無數個日月，也希望新的一年大家「得閒飲茶」，面對所有事情就像「飲茶」一樣簡單。

　　編輯委員會
　　二〇二二年一月

週末飲茶

主編：黎漢傑

編輯：徐詠欣 梁穎琳 盧嘉傑 羅學芝

製作：初文出版社有限公司

（除特稿、專欄外，各文類篇章均按姓氏筆畫序）

贊助名單

1 無名氏，港幣 2000 元

2 無名氏，港幣 1000 元

3 無名氏，港幣 1000 元

稿約：

　　本刊物不設特定主題，內容不限，舉凡新詩、小說、散文、藝術評論等，均在徵稿之列，惟篇幅所限，一般以 5000 字為限。如字數超出者，則作個別安排。本刊因屬私人自費出版，未有任何資助，遺憾不能提供稿費，僅能在刊出後寄贈刊物一冊，以致酬謝。

　　刊物預計出版日期：逢 1 月，7 月出刊。

　　投稿電郵：weekendtea2021@gmail.com

《週末飲茶》第一期目錄

散文

小說

評論

好書同享結友情——
吳懷德訪談記

訪問：何紫薇、沈舒
整理：何紫薇

　　吳懷德，廣東中山人，1939 年生於湛江，為前香港公共圖書館總館長，香港大學文學碩士，英國圖書館協會高級院士及英國威爾斯大學榮譽高級院士，退休前獲英女皇頒授 MBE 勳銜。吳先生於 1996 年至 2015 年移居加拿大期間，從事研究兒童文學、新文學及傳記文學，並以筆名「城南舊侶」為當地出版的《多倫多文藝季》期刊上撰寫文章，暢談中國現當代作家的文壇逸事等，總共寫了六十多篇。吳先生是香港大學饒宗頤教授六十年代初的學生，五十多年後將其整理和保存的課堂筆記交由香港大學饒宗頤學術館以「饒宗頤教授筆記系列」出版《選堂教授香港大學授課筆記七種，1960-1962》（2016年）。本訪問稿經吳先生審閱定稿。

日期：二〇一九年十二月二十七日（星期五）
時間：上午十時半至中午十二時半
地點：九龍廣播道吳懷德先生家

吳：吳懷德　　何：何紫薇　　沈：沈舒

何：吳先生的專業是圖書館，曾任香港公共圖書館總館長，而何紫是文學人和出版人，請問你們是在甚麼情況之下認識呢？

吳：我認識何紫應該是在七十年代中期，不是面對面的認識，乃是透過文字知道他是寫作人和出版兒童書的。當時公共圖書館購買很大量的兒童書，包括何紫出版的書，但我一直未有機會認識他，還憑名字以為他是女士。當時香港公共圖書館主要有大會堂圖書館、九龍中央圖書館和一些屋邨圖書館，例如福來邨、華富邨、坪石邨，數量只有幾間，而當時公共圖書館藏有不少何紫作品，所以我素知其人。

真正認識他是 1982 年 12 月有幸與他一起參加一個國內文化團，大陸文化大革命後，希望在文化方面與香港多些交流，能與世界接軌，於是辦了這些文化團。據我所知，我們不是第一團，應該是第二或第三團，我們那團的成員主要來自文化界包括出版、博物館、圖書館和教育。領隊是新華社副社長楊奇，他 1941 年 12 月底香港淪陷時在港，曾積極參加護送一批文化精英返國內，頗有功勞；副領隊是杜文燦（三聯書店），他是藍真的妹夫，另一位副領隊是黃士芬（中華書局）。全團連領隊、副領隊共二十人，另外我們一班團員還選了一位姓黃的團友做團長，他來自出版界，聞說後來離港移民。團員方面，圖書館界有李直方（香港中文大學圖書館）、吳懷德（香港公共圖書館）、歐陽淑珍（美國圖書館）、譚惠康（香港大學圖書館）、倫文標（香港小童群益會

圖書館）；博物館界有譚志成（市政局香港藝術館）；出版界有黎明（香港中文大學出版社）、何紫（山邊社）、何月東（青文書屋）、徐韻梅（《香港電視》雜誌）、阿潤；學者有香港大學劉靖之、黃賜巨和香港中文大學黃繼持；還有歌德學院曾家傑和藝術家靳埭強。

　　沈：1982 年香港仍是英國殖民地，而這個團的成員不少來自建制機構和政府部門，期間有否遇上困難或阻礙？

　　吳：沒有困難。1982 年我在區域市政局新界公共圖書館工作，獲香港政府和區域市政局批准我以公幹身分參加，毋須動用自己假期應邀參加。

　　這次文化團去了六個省，主要是歷史地區，包括大同、西安、洛陽、鄭州。旅途中我與何紫有許多交流，而何紫與誰同房多呢？我看多數是阿潤，還有倫文標和何月東，這在他的著作《山河欷語》有提及。[1] 另外，他的作品也有提及歐陽淑珍和我。1983 年元旦，我們正離開洛陽，剛好春節過年，我想起劉禹錫的〈憶江南〉，便隨口吟誦：「春去也！多謝洛城人。」[2] 我們回港後，何紫問我這首詞後面的幾句是甚麼，我說：「弱柳從風疑舉袂，叢蘭裛露似沾巾，獨坐亦含嚬。」他便寫下來刊登在書上。旅程回來後我們更熟絡，公私方面有更多來往。

1　何紫《山河欷語》。香港：山邊社，1983 年。
2　何紫《山河欷語》，頁 188。

沈：《山河欸語》是何紫在旅途上寫作的，他是否每寫完一篇便傳真回港？

吳：對。何紫是十分勤力的人，勤力得來卻令人不覺得他很忙。他很懂得欣賞生活，尤其是食的方面。他沿途會速記一些資料和感想，至於何時寫？據書內所講，他應該是深夜睡前寫的，第二天便從酒店傳真回香港報館。

沈：何紫的文章內容豐富，除了歷史名勝的介紹外，還有詩詞甚至民謠，讀起來興味盎然。

吳：他沿途有買些小冊子作參考，晚上寫稿，第二日便傳真去報館。

何：你知道他投稿到哪間報館嗎？

吳：我想到的可能是《華僑日報》或者《快報》。何紫寫作速度驚人，年青時任《兒童報》編輯，有深厚經驗和功力。

沈：他寫完稿後有給大家看嗎？文化團回港後你們還有聯絡嗎？

吳：他寫完稿沒有給我們看啊，他只是說：我又要去傳真了！有時說這間酒店沒傳真，怎辦？印象中何紫是個脾氣很好的人，待人接物總是嬉嬉笑。文化團參觀了多個文化機構，完畢後我們輪流以普通話多謝接待機構，何紫當然有份發言，他的普通話比我的好很多，我只及他三份一。

這個文化團對我很有用。我六歲已離開大陸，一直到1982年才再踏足大陸。我是中山人，1939年在湛江（廣

州灣）出生，1945年底隨家人來香港，到1947年回鄉讀書，約大半年後我重返香港，我對大陸只有鄉下和湛江的少許記憶，所以我通過這次文化團對祖國印象很深刻。

回港後，我們一班團友仍有緊密聯絡，但隨著何紫和徐韻梅過身後，再加上當時香港的政治環境，以及部份團友移民海外，大家有點意興闌珊。我1995年退休後移居加拿大十多年，但我每年都回港，有幾年在香港浸會大學講課，教授圖書館管理學，對象是校長和教師。2015年我回流香港。

何：何紫在《山河欸語》〈京包線上〉一文中，提及在旅途中巧遇出版界前輩鄒韜奮先生長子鄒嘉驊的太太，你對此有印象嗎？[3]

吳：當然有。那次我們乘京包線火車由北京往大同，在火車廂內傳來消息，鄒韜奮的媳婦在車上同行，這位女士姓朱，是文化界的，那位傳來消息者是領隊楊奇，因為楊奇與鄒韜奮長子鄒嘉驊是認識的，並知道鄒嘉驊太太也是坐這班車去大同。何紫為人活躍主動，很容易與人熟絡，他把握機會去認識這位朱女士。

何：除了我爸爸何紫外，你對其他團友有甚麼印象？

吳：我記得後來團友徐韻梅與何紫是同年過身的，徐比較早走幾個月。我們遊桂林漓江時，我察覺她臉色異常蒼白，她不諱言患有血癌，正在服藥。後來，她支撐到1991年中才離世。

3　何紫《山河欸語》，頁55-56。

何紫在《山河欷語》提過兩三次的阿持就是黃繼持，他也於 2002 年過身了，他學問好，有內涵，對新文學特別是魯迅研究是獨當一面。他是饒宗頤教授眾多弟子中，對中國古典文學、哲學和現代文學最精通的一位。

還有藝術設計家靳埭強，後來與我成為好朋友。他曾經畫了一幅水墨山水畫送給我，我仍珍藏，亦回贈他另一幅藏畫。當時我有四幅呂壽琨的斗方畫（呂壽琨是靳埭強的水墨畫老師），一幅是畫香港山頂梅道，蓋上呂壽琨印章和簽名，有兩幅是畫香港的帆船海景，有簽名和鈐章，第四幅是畫炮竹怒放，未有簽名，只有蓋章。聽說呂壽琨最喜歡炮竹怒放那張，並印製成賀年卡。我讓靳埭強從四幅任選一幅，他結果選了山頂梅道那張，有帆船的那兩張我後來也送給別人，現在我只保存沒有簽名但我認為最好的那張炮竹怒放。

沈：這次文化團之後，吳先生與何紫還經常見面嗎？

吳：接觸的機會多得很呢，那時候香港公共圖書館數目倍增，我們採購更多他的出版物，雖然有時候他會嫌不夠多。

何：何紫曾出版《小難民日記》這本書，書中的「出版說明」提到吳先生推薦出版這本書，[4] 你當時為甚麼有這個想法？[5]

吳：這是一次緣分。上世紀七十年代，坪洲有一間頗具規模的火柴廠，裡面有一所閱讀室，稱為「坪洲圖

---

4 原書名《小難民自述》，作者署名小岵，1940 年 3 月於昆明出版。小岵《小難民自述》。長沙：商務印書館。1941 年再版。
5 小岵《小難民日記》。香港：山邊社，1989 年。

書館」，屬於該廠經營的，對象是該廠員工。這火柴廠結束後，有一批書散出來，有朋友送我十多本舊書，包括《小難民自述》和《博士見鬼》。

我知道《小難民自述》是一本好書，作者小岵，原名吳大年，書前有冰心和歷史學家方豪撰寫的序，這兩位響噹噹的作家願意寫序，證明他們很重視這書。於是我介紹給何紫，他看後愛不釋手，說要重新出版此書，我便把書借給他。我還記得何紫將《小難民日記》媲美西方的《安妮日記》。

沈：這本書出版之後，何紫有沒有跟你提過這本書的銷量和讀者的反應？

吳：他有說過這本書頗受讀者歡迎。《小難民日記》有關於國難的題材，為加強時下青年國家觀念很有正面意思，他還加插有關抗日戰爭圖片。可惜《小難民日記》原著後來在印刷所失踪，何紫多次致歉，我亦不以為意。

何：何紫提過吳先生提供了《博士見鬼》這部作品，請談談此事。

吳：我也借《博士見鬼》給何紫參考，並蒙收錄在他出版的《豐子愷故事集》上卷。[6] 我仍藏原著。

何：吳先生藏有多封何紫給你的書信，當中提及一些人物如冰心、黃永玉等，可否談談這些書信背後的事？何紫是怎樣認識冰心的？

吳：何紫認識冰心可能是通過黃慶雲介紹。何紫的觸角敏銳，懂得主動去認識一些重要人物。譬如他認識

---

6 豐子愷《豐子愷故事集》。香港：山邊社，1986 年。

一些名畫家如程十髮、黃永玉、陳迹等。[7]

有一次我與何紫、黃永玉和陳迹在中環飲下午茶，大家談得暢快，黃永玉沒有架子，當時他的畫價未算太高，他的太太張梅溪也在座，大家談到黃永玉的家鄉湖南鳳凰，他說他故鄉風景優美，知道我未去過，主動將美麗風景即席畫在我攜帶的《博士見鬼》最後一空頁，還簽上名字和記錄日期，我後來把那頁畫作與人交換了其他東西，現在當然有些後悔。

我通過何紫亦認識了陳迹，他既是畫家亦是攝影家，當時在《華僑日報》工作。何紫相識滿天下，他亦知我喜歡黃永玉的畫，我知道他與黃永玉熟稔，我便央求他代買一幅畫。何紫給我的信提及此事，並解釋沒有跟進，因當時黃永玉的畫價非常高。

何紫記住我的心頭好，果然後來有機會時幫我求得一幅黃永玉的大畫，非常珍貴，來源是何紫好友《華僑日報》體育版記者梁楓。梁楓的妹夫是李凌翰，與黃永玉識於微時，二人 1946 至 1948 年間在九華徑蝸居，後來李凌翰移民加拿大，[8] 臨別前黃永玉送了一幅佳作給他，上面題有李商隱絕詩，畫中荷塘上水榭有兩高士在閒話，我收購這畫時奇怪何以沒有題上款李凌翰，梁楓說當時黃永玉知道李凌翰可能需要錢，故意不題上款，以便他日後變賣更值錢。後來李凌翰移民帶此畫赴加拿大，由梁楓帶回香港求售。何紫知道我喜歡黃永玉的畫，

7　何紫〈一個畫家和一個攝影家的友誼──黃永玉和陳迹〉，《陽光之家》第十期，1986 年 11 月 15 日。

8　李凌翰《漫畫加拿大》。香港：山邊社，1989 年。

便介紹我認識梁楓。當時大約是 1989 年，我以十一萬買了回來。這幅畫是黃永玉力作，我卻在移民前轉讓予一位脊骨醫生，因要帶走有點累贅。現在黃永玉畫價劇升，這大荷花橫幅時值十一萬後加多一個零。

沈：何紫與冰心有通信，並把冰心給他兩封信的副本送給你，可否談談此事？

吳：何紫知道我喜歡收藏文人信札，當我問他可否給我冰心信札之副本時，他真的很大方，1990 年 12 月 18 日那封他給我正本，1991 年 1 月 14 日那封他給我影印本，並在影印本上寫了些說明。我很喜歡正本那一封信末後那幾句祝福語，大作家短短幾句話也像一首散文詩：「歲云暮矣，我這裡陽光滿屋，在光明中祝您新年百吉！」

何：我發現何紫寫給吳先生的信，不是全部由他親筆寫的，從字跡可以看到，他親筆寫的字較潦草，字體工整的相信是他助手抄寫，信末都有父親親筆簽名。我為此事問家母，她說我父親知道自己的字太草，有時怕別人看不明白，便請助手抄一遍才寄出，像這封何紫通知吳先生他患病的信，看來不是他的字跡。

吳：你爸爸給我這封信寫於 1990 年 12 日 29 日，是他發現自己患肝癌後一個多月，問我有甚麼治病建議，我當晚收到信後很擔心，立刻打電話安慰他，對他說現代醫學昌明，早期肝癌是可以治癒的。

幾天後，我跟他談電話，又說起冰心信札的事，他問我那封送給我正本的信是否仍在？他說：「冰心老人

家祝我百吉，因我現在健康不好，想身體百吉，我可否取回那封信？」我說一定可以，於是我即時把信寄回給他，未寄之前先影印，這影印本我便留到現在。

何紫過身約四年後，我去第三街山邊社探望何太，問候她近況，並問起那封冰心給何紫的信，她說已沒有了。

何：爸爸過身後，我想媽媽太忙，沒有留意便失掉了。母親以前專注照顧家庭和幫我爸爸打理店鋪，她也不知道這些信札的文化價值。幸而我母親把父親的藏書保存得很好，後來全部捐給中文大學圖書館，但她忽略信件也很重要，只餘下幾封捐予給中大圖書館。

吳：何紫與冰心的通信我知道的只有這兩封，但我估計不止這數目。另外，你知道何紫與豐子愷有通信嗎？

何：不清楚，豐子愷 1975 年病逝。何紫與豐子愷女兒豐一吟肯定有通信，其中有一封捐了給中大圖書館，他倆還曾經一起合照。

吳：我都是通過何紫認識豐一吟，並成為好朋友。我第一次去上海時訪問豐一吟，她丈夫姓崔，廣東人，是畫家，他們的女兒崔東明與我仍有來往。豐一吟是吃素的，我去探訪她時，她煮齋給我吃。我亦通過豐一吟認識她的弟弟豐新枚。

2000 年後豐一吟曾訪問香港兩三次，主持關於豐子愷講座及創作比賽，那時我約她去茶樓見面，她是浙江人，對於上茶樓吃點心的方式跟我們廣東人不同，我們是一籠點心大家分享，他們卻是各自吃一整籠點心。

豐一吟為人大方，我第一次在上海見她時大概是1985年，把握機會，說明我想向她買一幅豐子愷的畫，她說：「吳先生，如果你早點認識我父親，你不用花錢可以得到，你只要寫封信給我父親，說你非常仰慕他，可否擁有一幅他的畫，那你十天內便可以收到。我父親稱這類人為『我很仰慕你的人』。」可惜那時她爸爸已不在世，豐一吟答應有機會會滿足我的要求。

豐子愷晚年很勤力，他將自己戰時畫的漫畫，重複的畫了三、四套，分別送了給他的子女，豐一吟亦送了些給她的女兒崔東明。後來我終於買到一幅，畫中有河邊楊柳，還有幾個人扶著一個大醉老翁上船，題字：「家家扶得醉人歸」。豐一吟說她問過女兒，這幅畫可以讓給我，那時候她女兒快將出嫁，我便給她若干港元，她告訴我會用這錢買冰箱和電視給女兒。

後來，豐一吟將她爸爸的精作用宣紙以木板水印精印出來，我亦向她買了一些。此外，豐一吟臨摹她爸爸的畫有八成相似，她送了一張給我，後來我說不要再送給我，結果由我買下十幾幅。

沈：2016年，吳先生出版了「饒宗頤教授筆記系列」《選堂教授香港大學授課筆記七種，1960-1962》，可否談談出版此書的緣起？

吳：我一向與老師們很有師生緣，在香港大學時修讀饒宗頤教授的課，獲益良多，一生受用。畢業後繼續與饒教授有聯絡，我入圖書館行業之前，曾向他請教就業選擇意見，他謂服務圖書館有特別意義，聲明不是做

官。有一次，他在大會堂辦書畫展覽，欲查詢租場之事宜，我幫助了他，雖是舉手之勞，他竟送我一件山水扇面，還親自送來我的辦事處。

為慶祝饒教授一百歲壽辰，饒公次女饒清芬計劃在香港大學饒宗頤學術館舉辦大型展覽，於是便聯絡饒教授早期學生，問他們有沒有當年相關相片、筆記等，其他同學都說沒有，只有我存有一份完整課堂筆記，她知悉後請我盡快給她，那時是 2012 年底，我在加拿大，二話不說便用了 200 加元速遞費寄回來。我讀大學時的其他筆記都保存得很好，包括歷史、哲學、英文、翻譯等科。饒教授這些筆記寄到來香港，沒想到他們會用如此精美的效果出版，按筆記的原貌電腦掃描印製。聞說山東大學有意用這本筆記研究饒宗頤在香港大學的教學。

沈：我在香港教育城網頁看到吳先生的文章，談李景康的軼事。[9] 吳先生還有其他寫作計劃嗎？

吳：那篇文章是來自《多倫多文藝季》。這期刊的創辦人名黎炳昭，是一位兒童畫教育家。他移民到加拿大後，1998 年 1 月創辦《多倫多文藝季》。我以筆名「城南舊侶」由 1998 年至 2014 年期間一直義務供稿，支持了 60 多期，我喜歡寫有關新文學家如冰心、郁達夫、徐志摩等懷舊文章。

此外，我喜歡在母校校刊寫些懷舊文字，亦喜歡寫花絮式短文，像掌故家鄭逸梅寫的那類文藝花絮。

9　吳懷德〈學人李景康經歷之奇行異事〉，香港教育城，2016 年 5 月 20 日。

　　沈：吳先生可否談談擔任香港公共圖書館總館長期間推動香港文學的成果？

　　吳：多年來，香港市政局圖書館舉辦了多次文學講座，推動現代文學和古典文學，1979年更舉辦了「中文文學獎」及「中文文學週」，邀請著名作家胡菊人、劉以鬯、白先勇、蔡思果和余光中擔任講者，以及白先勇、余光中、胡菊人、馬蒙、劉以鬯、司馬長風、李素、陳之藩、盧瑋鑾（小思）和蕭輝楷擔任評判，並出版了《香港文學展顏——市政局1979年中文文學獎得獎作品及文學週講稿》。[10]

　　後來與小思合作舉辦新文學絕版書籍展覽，非常成功。古典文學方面，包括舉辦雙年詩詞創作比賽，與北京國家圖書館聯合舉辦古籍展覽會，展出國家圖書館珍貴藏書。此外，香港公共圖書館亦多次邀請何紫、阿濃、黎炳昭等舉辦兒童文學與兒童畫專題講座，都頗受讀者歡迎。

---

10 《香港文學展顏——市政局1979年中文文學獎得獎作品及文學週講稿》。香港：市政局圖書館，1980年。

吳懷德先生，攝於2020年9月10日。

1982年12月國內文化團合照，攝於鄭州市中州賓館門前。
前排左起：黃賜巨、阿潤、徐韻梅、譚志成、黃繼持、吳懷德、劉靖之、
（當地人）、楊奇、（當地人）、黃先生（團長）、譚惠康、何紫、（當地人）。
後排左起：李直方、（當地人）、（當地人）、黃士芬、黎明、何月東、
杜文燦、靳埭強、倫文標、（當地人）、歐陽淑珍、曾家傑。

《山河欵語》（1983 年 2 月初版）

《小難民日記》（1989 年 3 月初版）

冰心於 1990 年 12 月 18 日寫給何紫的信

給書店的情書——
讀《如果沒有書店》

小書

究竟有多愛，才會願意花上十多年的時間為了它們踏遍 23 個城市，訪探 200 多個店家？

很久沒有看到一本如此讓我心動的書，如果你喜歡閱讀、對紙本書有著無以名狀的迷戀，《如果沒有書店——中國書迷打卡計劃》是你必須擁有的一本書。那麼不喜歡看書和逛書店的人可以立刻忽略這篇小書介嗎？不不不！倘若你細嚼書中作者親手繪畫的書店速寫、每一道他親手寫的附註和每一幅書店裡裡外外的風景，你會赫然發現若只把此書推薦給書痴們，實在對不起有個文藝夢的文青們、甚或乎是想寫遊記、做旅遊文藝 KOL、想開書店、開文化雜貨店的小老闆們等等⋯⋯

《如》的作者**綠茶**，本名方緒曉，在書中他把自己的兒子喚作小茶包，太太喚作茶媽，一個如此可愛的七十後大叔，究竟是怎樣踏上這二十多年的書痴之路，寫下一本如此有份量、五百多頁的書迷寶鑒？

綠茶與書結緣始於他在讀時於北京風入松書店當店員。據綠茶所說，風入松是「一家名震全國的學術書店」，因為這家書店正是由北京大學哲學系副教授王煒與一批學者及文人在北京大學南門附近創辦的（書店已於 2011 年歇業）。從負責小小的哲學區到店前的展台及至擢升為店長，綠茶在兩年的時光裡，從書堆中得到滿滿的幸福感。

十多年間，綠茶踏遍近二十個內地城市、新加坡、大阪、阿姆斯特丹和法蘭克福，心中想就只有書與書店，他的執著散落在字裡行間：

這一趟書店之旅從模範書局‧詩空間（佟麟閣路85號）開始。書店開在中華聖公會教堂舊址裡……把教堂改造為書店，西方有很多案例，被譽為全球最美書店之一的天堂書店（Selexyz Dominicanen Bookstore）就是一家已擁有800年歷史的多米尼加教堂改建而成，位於荷蘭南部城市馬斯特里赫特。

遊走在歷史之間，綠茶細說著他的書店之旅，巧妙的地方是他能完滿地把書店的前世今生告訴讀者，卻沒有陷入歷史的深淵，準確的拿捏輕重，讀者需要知道的都能從書中讀到，再有興趣的可以進一步自行發掘：

佳作書局是個有故事有歷史的書店，簡單說是這樣的：1942年，一個猶太人在上海開了佳作書局，二戰後，這個猶太人到了美國芝加哥，書店就落戶芝加哥了。幾年前，一個中國人在芝加哥買了這家書店，然後開在北京，現在北京兩家店，芝加哥那家店也在。

在綠茶精闢的開首引路下，「佳作書局」立即引起了我的興趣，使得我不由自主地追查更多資料。

這麼多年下來，二戰時期猶太人的慘痛經歷牽動

著不少人的情緒，而「佳作書局」的故事就似是悲痛中露出的一絲曙光。當時在戰爭陰霾下，世界大多國家拒絕接納猶太人，猶太人馬法伯（Max Faerber）輾轉之下到了上海，在日軍佔領下的上海創立 Paragon Book Shop，經營歷史文化類書籍的生意。1948 年，書店隨馬法伯和妻子遷抵達紐約和芝加哥。2014 年，剛美術史碩士畢業的朱帥籌措資金，買下了 Paragon Book Shop，書店於是有了「佳作書局」的中文名字，六十多年之後最終再次落戶中國，開在北京花家地，此時書店已經經歷四次易手。2021 年末，北京市通州區的宋莊迎來內地第五家「佳作書局」，佔地八千多尺。

在歷史以外的軌跡，綠茶在書中也前瞻地帶讀者了解現代書店的可能性。

2019 年書店數量排行，成都高居榜首，而我們以為書店數量很多的北京、上海卻在十名開外：

> （常州）半山書局幕後是一家規模很大的百貨公司，這棟大樓就是百貨公司的產業。用經營百貨公司的思路經營書店……創店之始，他們參考和學習了國內外很多書店，並最終向日本蔦屋書店和台北誠品書店取經……

隨著時日的推演，書店發展也與時俱進，在傳統的經營模式之上，我們更見到日益多元的書店空間：集書店、文創商品、展覽、工作坊、咖啡館於一身的複合式文創空間的有常州的半山書局、青島的涵泳複合閱讀空

間、北京的單向空間等；也有結合民宿和書店的，如蘇州的慢書房、桂林的「住在書店」酒店等：

> 到桂林，下榻「住在書店」酒店，這是來桂林的第一個驚喜。這家書店主題的酒店，從進門那一刻就吸引了我……房間裡更讓人驚喜。兩個獨立書架，上面有幾百本書隨意取閱，整個房間彌漫著書香，每個房間選書不同……從房間出來，刷門卡就能去到隔壁「紙的時代」，晚上十二點打烊後去書店看書，安靜的書店，只有兩個人在看書：我和店員……真正體驗「住在書店」的感覺。

有說書寫是思緒的最佳整理和記錄，而畫下就是自己對事物更深刻體會。在《如》一書中，綠茶既寫也畫，沿途的書店寫生不但與照片相映成趣，綠茶更會邀請與他結伴作書店行的書友或店主畫上簽名，作為更珍貴的紀念。

承接大學期間與書店的情緣，綠茶與書的情分一直沒有間斷。他曾任人民網讀書頻道主編、中信出版社副總編輯、《新京報·書評週刊》統籌編輯，現為《文史參考》主編。2010年8月28日創辦《綠茶書籍》電子月刊，提倡「閱讀需要分享」的理念，而《如》一書的出版，正是他對書的痴迷的最佳印証。

在綠茶的書遊記中，不少書店都歷盡滄桑，或告別、或休業、或搬遷、或更名改姓，卻也有遍城開花，繼續默默地散發書香的。無論如何，就如綠茶所說：「那

些為理想而堅守的書店人是最可愛的人，也是最堅強的人。」

《如果沒有書店 —— 中國書迷打卡計劃》

作者：綠茶

出版社：上海三聯書店

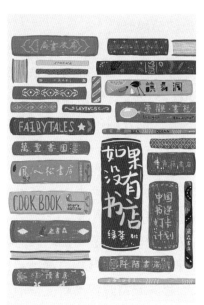

1970 年代香港大學生做甚麼？
辦文社，搞創作

蔡思行

自 1950 年代起，組織文社的潮流，如雨後春筍般在香港出現。1960 年代末、1970 年代初，爭取中文成為法定語文運動，在香港崛起。這些思潮和社會運動，引起香港大專學生積極以中文撰寫文學作品的熱潮，當時大學文社的出版物，頗能反映這段歷史。

1974 年，港大文社和中大文社相繼成立。它們源於第二屆青年文學獎。它們的成立，有著提高文學獎籌委同學對文學認識，以及推動校內文學創作風氣的目標。至於浸大文社和理工文社，則分別在 1979 年 3 月和 1980 年 9 月成立。

現時香港著名時政評論員洪清田，就是創辦青年文學獎，以及在 1974 年 7 月至 11 月開辦港大文社活動的主持人。當時港大文社以「堅持創作，認真研習」為宗旨，舉辦創作班和研習班，由文社幹事會編纂、油印和派發文社習作，使社員能先行閱讀習作，再互相討論，和提出批評及改進意見，並且一起閱讀當時台灣新文學的作品。因此，文社要求參加者作好準備，「認真看書」。

《港大文社文集：1974-1975》共刊登了二十一首詩作、六篇散文、七篇小說和兩篇書評作品。洪清田的作品包括詩作〈鄉行十首〉、〈果子熟了〉、〈石朋〉以及書評〈讀王文興《家變》筆記〉。〈鄉行十首〉反

映了洪回鄉探親的親身經歷，當中一名題為〈鋪路的雙手〉，頗有意思：

> 我們的車子來到村莊
> 路面又有一道溝渠
> 司機下了車，搖搖頭
> 「不能過了
> 這次真的不能過了」
>
> 一個村民跑了過來
> 指着他喊
> 「中國人仍那麼膽小的嗎？
> 美國仔也不怕
> 怕這小小的一個坑兒！」

洪清田愛國之情，溢於言表！

《港大文社文集：1974-1975》封面

　　1979 年 11 月，港大文社出版《年輪：香港大學學生十年文集（一九六九—七八）》。當時一版印數，便有 2500 本。對比今日香港出版文史哲書籍，每一版僅印 500 本，還擔心能否全部賣出，不禁覺得滄海桑田，徒為慨嘆！

　　《年輪》的作者，有不少是當時和日後在文壇閃閃發光的作家。根據時任香港大學中文系講座教授兼系主任馬蒙在文集撰寫的介紹，有名者包括羈魂、杜杜、何福仁、胡燕青和林力安等。

　　前往蘇格蘭愛丁堡大學修讀語言學博士前夕、後來成為香港環保戰士的周兆祥，在文集中寫了一篇專題文章，分析了港大學生十年創作的成果。他指出，在 1973 年開始，在「認中關社」運動的影響下，作品由關注私人的生活為主題，改為連結大學生與香港社會關係，以

及對祖國的認識。例如1976年9月6日，奔風原載於《學苑》的作品——〈給我一杯開水可以嗎？〉，詳細描述了一名乞丐向尖沙咀自助小食店老闆討一杯開水，而備受排擠的情景。奔風在散文結尾作出這樣的反思，十分動人：

> 甚麼使我有餘錢買杯鮮甜可口的果汁，有閒情逸緻在海運的停車場上看星星、月亮、海港，談談自己的前途理想及人生，而你，在賣飲品的店子討不到一杯開水？
>
> ……
>
> 我想問：一杯開水與一杯果汁的鴻溝在哪裡？
>
> 也要搜索，探問：
>
> 繁華的背後，彩色的背後，安定寧靜的背後……

海運大廈、尖沙咀海濱都是昔日年輕人喜歡流連的地方，奔風善於從生活中體驗出貧富、理想和現實的鴻溝。

周兆祥亦提及另一篇關於中國人身分問題的作品：蕭偉業原載《學苑》1978年3月號的作品——〈如果我不是一個中國人〉。蕭在散文結尾的文字，中國人身分認同溢於言表：

> 我沒有國籍，沒有國籍就好比沒有家，沒有

母親，也好比沒有自己。所以，我這麼說，「我是一個中國人」，因為在中國裡面，我才找到自己。假如我不是一個中國人，那我就沒有了一切──一切的尊嚴，一切的喜樂，一切生命的意義。因為她是我的母親！

由此可見，過往的香港大學學生，都富有家國情懷！這實在是當時「認中關社」潮流在文學創作的反映。

由嚴以敬（阿蟲）作封面設計、羅忼烈題字的《年輪》封面

香港理工學院在 1972 年正式成立，雖然以工科和理科生為主，但該校文社和學生報編輯委員會，在 1981 年 5 月出版《紅磚集：理工同學文藝創作（一九七二至一九八一）》，初版印數亦有 2000 本之多，反映該院同學在文藝創作的嘗試。

　　當時任教於理工語言學系的陳志誠在《紅磚集》序言中，坦白承認理工的文藝風氣未夠濃厚：「我們是『理』、是『工』、不是『文』，加上我們各類課程和教學內容的總趨勢，都以實用為主，文學對人生、社會的作用，不是立竿見影、馬上收效的，同學們便較為忽視了。」陳認為，實用的專業知識和文藝活動之間，並不存在衝突。理科生也可以閱讀文學作品，以及從事寫作。近年來香港的 STEM 學科，除了科學、技術、工程和數學外，教育界亦開始提倡在 STEM 的基礎上，加上 A（Art，藝術），成為 STEAM，正好切合上述文理知識可以共存的看法。

　　作為《紅磚集》編輯委員會成員之一的余漢江，這樣解釋了該文集命名的由來：「以紅磚為名，固然是代表了理工的建築特色。可是換一個角度看，砌磚成牆，始終是建築過程裡的重要工序，也未嘗沒有聚沙成塔的意義了。」《紅磚集》反映當時理工學院同學們在過去九年文藝創作的成果，同樣亦反映文藝創作和文學研究都需要聚沙成塔，不能速成的特質。

　　盧瑋鑾教授（小思）大半生多方搜集香港文學作品孤本、珍本，在 2002 年將畢生大部份收藏捐給中大圖書館，建立香港文學特藏，成為研究香港文學者的寶庫。她近半世紀的個人努力，不就是搭建磚牆，為後世研究者著想的義舉？黎漢傑兄編輯和出版這本《週末飲茶》刊物，以及他的初文出版社，為香港文學的出版，作出篳路藍縷的努力，砌出了一道道讓我們望得更高、想得更遠的文學磚牆！

在 1981 年 5 月出版的《紅磚集》

張愛玲《半生緣》新發現

吳邦謀

　　曼楨道：「世鈞。」她的聲音也在顫抖。世鈞沒作聲，等著她說下去，自己根本哽住了沒法開口。曼楨半晌方道：「世鈞，我們回不去了。」他知道這是真話，聽見了也還是一樣震動。她的頭已經在他肩膀上。他抱著她。
　　　　　　　　　　　　——張愛玲《半生緣》，1968

　　以上是曼楨向世鈞說的內心話，來自張愛玲的淒美愛情小說《半生緣》，一句「我們回不去了」，觸動無數男女的心靈，揪盡千萬讀者的心窩，成為至今張愛玲的經典語句。張愛玲的《半生緣》改寫自她於上海以筆名梁京創作的《十八春》長篇小說，由 1950 年 3 月 25 日至 1951 年 2 月 11 日刊登在上海《亦報》副刊中。直至 1951 年 11 月，上海亦報社為紀念《亦報》創刊一週年，將《十八春》重新修訂並以單行本發行，初版 2500 冊，瞬間銷售一空。後來，張愛玲於 1966 至 1967 年旅美期間，在《十八春》小說中減去政治色彩濃厚的內容，加多了牽動人心的情節，並將小說名字改為《惘然記》，至後來定名為《半生緣》，於 1968 年 3 月至 7 月份《皇冠》雜誌第 168 期至 173 期重新發表。

　　從書名「半生緣」已可得知，世鈞與曼楨終不能長相廝守，正是愛情的百轉，生命的千瘡，半生的緣分，

一世的感情，瞬間成惘然。張愛玲在重寫《十八春》時，在未選定新書名字「半生緣」前，除以《惘然記》為書名外，其實還有其他考慮，可以追溯到1966年12月26日她致好友宋淇信中提到：「《十八春》本想改名《浮世繪》，似不切題；《悲歡離合》又太直，《相見歡》又偏重『歡』，《急管哀弦》又調子太快。」最後選以《惘然記》為書名，把小說刊登在《皇冠》雜誌上。其實，張愛玲不大滿意《惘然記》這名字，宋淇亦表示：「這名字不好，因為太沒有勁，可能影響到將來電影版權收入，亦未必會吸引拍電影的人。《半生緣》名字好多了，叫得響，而且很纏綿。」不久，張愛玲去信皇冠出版社，要求《惘然記》加上《半生緣》為別名，到將來出單行本時再正式定名。

翻開1968年6月出版的皇冠雜誌第171期，「半生緣」這個名字首次出現，是《惘然記》的別名。直至1969年3月單行本初版正式發行，《半生緣》取代《惘然記》，終成為小說的正式名稱，成就張愛玲的經典名著。《半生緣》小說中道盡人世滄桑及世事無常，一發行便吸引萬千讀者的追看，成為張愛玲最受歡迎的小說之一。上海華東師範大學中文系教授陳子善曾說過：「《半生緣》對《十八春》的改寫，凸顯了張愛玲新的藝術構思，是張愛玲式『傾城之戀美學』的燦爛重現，雖與《十八春》同源共根，結出的卻是不同的更為艷異的果實。」

過往影視劇集

《半生緣》除了是男女讀者喜歡的小說故事外，也是影視劇的上佳題材，多年來曾改編成電影、電視連續劇、電台廣播劇、舞台劇及網上劇集都頗受好評，以下是過往影視劇集的記錄：

1. 1976 年「李影版」電視劇：

麗的電視監製鍾景輝，編導張之珏，演員有李影、陳振華、黃莎莉、郭峰、劉松仁、歐陽珮珊、黃曼梨、黎灼灼、黎少芳、李月清、南鳳等。

2. 1991 年「港台版」廣播劇：

香港電台導演沈月，編劇姚秀鈴，聲演蔡雅各、張炳強、溫泉、曾月娥、譚翠蓮、姚秀鈴、鄭麗麗、林友榮、謝蘊儀、丁茵、朱曼子等。

3. 1997 年「吳倩蓮版」電影：

由許鞍華執導，編劇陳建忠，監製黃百鳴，主演吳倩蓮、黎明、梅艷芳、葛優、黃磊、吳辰君等。

4. 2002 年「林心如版」電視劇：

導演胡雪楊，編劇胡玥，主演林心如、譚耀文、蔣勤勤、李立群等。

5. 2004 年「劉若英版」舞台劇：

導演林奕華，編劇胡恩威，創作顧問張艾嘉，香港進念二十面體與中國國家話劇院合作，主演劉若英、廖凡、韓青、海清、丁乃箏、陳立華等。

6. 2012 年「金燕玲版」舞台劇：

「進念‧二十面體」導演胡恩威，於 2012 年聯合編劇魏紹恩、胡恩威，上海話劇藝術中心演員沈嘉、何彥淇、徐漫蔓、張琦、賀彬、賈景暉、謝承穎，並特邀金燕玲演出。

7. 2020 年「劉嘉玲版」網上劇：

由楊亞洲、楊博執導，劉嘉玲、蔣欣、鄭元暢、郭曉東等主演，在上映前將電影名字改為《情深緣起》。

改編第一人

1976 年，麗的是最早期購下《半生緣》版權及改編張愛玲小說的電視台，在小說發行後只有 8 年便將《半生緣》搬上電視螢幕，哄動一時！尊稱為 King Sir 的鍾景輝，除在許鞍華執導的《傾城之戀》電影中飾演張愛玲筆下的徐先生外，他還早於 1976 年成為首位將張愛玲小說《半生緣》改編成電視劇集的華人，是他創舉之作。1957 年 5 月 29 日，香港首間有線電視台「麗的映聲」正式成立，初期以英語頻道為主，中文節目為輔，當時收看的客戶除了需要繳交昂貴的安裝費和牌照費外，還要每月交付數十港元的租機費及收看月費，不是每個家庭有此能力交付，以致麗的映聲初時客戶不多。直至 1973 年 12 月 1 日，麗的映聲改為免費彩色無線廣播，並於同年改名為「麗的電視」（Rediffusion Television Limited（RTV），收視才有進步，但相對當時無綫電視（TVB），麗的電視的收視率始終被無綫比下去了。

　　1975 年 9 月，香港第三間電視台「佳藝電視」啟播，形成三台對立，三方為了爭奪人才及收視數字，前線藝員、編導及管理人員紛紛被挖角，競爭激烈。曾修畢耶魯大學戲劇碩士的鍾景輝，1967 年便進入無綫當高級編導，1974 年更監製彩色電視劇《清宮殘夢》，播出後風靡香港，大受觀眾歡迎，其中張之珏飾演光緒皇帝的角色，成為其電視生涯的成名作，並稱鍾景輝為其恩師。1976 年 2 月，鍾景輝被麗的總經理亦是他的好朋友黃錫照誠意打動，答允離開已工作超過八年的無綫，加盟麗的以協助黃錫照重整麗的架構，並製作連串大型劇集及節目，欲打破無綫的「慣性收視」優勢，並挑戰新成立的佳藝電視的冒起。

　　當時只有 38 歲的鍾景輝，對張愛玲所寫的小說包括《半生緣》、《怨女》、《傾城之戀》、《沉香屑：第一爐香》、《沉香屑：第二爐香》等等甚為喜歡，皆因小說細緻且意象豐富，極富電影及戲劇感，從而促發他成為第一人嘗試改編張愛玲小說成為電視劇的。鍾景輝心想若能購下該小說的版權，改編為電視劇集，在麗的黃金時間播放，深信必扭轉麗的形勢及搶回不少觀眾收看。所以，在 1975 年 10 月鍾景輝還未過檔麗的時候，便找人以 RTV 名義寫信經宋淇給張愛玲，表達購買小說《半生緣》及《怨女》的電視改編權的要求，並列出購買價錢。

　　根據宋淇於 1975 年 12 月 19 日給張愛玲的信件中提及：

此人就是同我接觸要買你小說 TV 版權的人。他叫鍾景輝，是 Yale School of Drama「耶魯大學戲劇學院」的畢業生，可以說是香港唯一受過正式訓練的專才，姚克在香港時，曾公開承認論導演他比不上鍾，所以把自己的舞台劇交給他導……。結果昨晨打電話來云決定照我們的條件，先買《半生緣》，其餘幾個則要等幾位編導細讀之後再行決定，因為如果他們不喜歡，拍出來不會好。再過半小時 RTV 的負責這一部門的何太太打電話來，云完全同意我們的條件，就在這兩天內先寄上支票來，消息暫時保守秘密，先出一張臨時收條，其餘等他們的編導有了反應再談。

麗的首播

1976 年 2 月 16 日，麗的電視台首播《半生緣》電視劇，除是影視圈首次改編張愛玲的同名小說作品搬上螢幕外，卡士陣容亦是最矚目及最有份量的，除包括由無綫轉職不久到麗的電視的監製鍾景輝先生及年青編導張之珏外，演出者有六大角色：陳振華飾沈世鈞、李影飾顧曼楨、郭峰飾祝鴻才、黃莎莉飾顧曼璐、劉松仁飾張豫瑾和歐陽珮珊飾石翠芝，其他演員包括有資深演藝人員黃曼梨、黎灼灼、黎少芳、李月清、南鳳等等。主題曲及插曲還找來著名作曲家黎小田獻藝，作詞由編劇家和填詞人龐秋華、詹惠風主理，而龐秋華的作品像〈舊歡如夢〉、〈小露寶〉、〈我心永屬你〉和〈矇面超人〉

等等為人熟悉。主唱者有畢業於 1973 年藝員訓練班的宋豪輝與及張之珏的親妹張寶之，歌曲包括以小調形式演繹的名曲〈泣相思〉、〈湖畔鴛鴦〉、〈半生緣〉、〈苦堪憐〉及〈夜念〉等等，百聽不厭！筆者除收藏 1968 年 3 月至 7 月在《皇冠》雜誌第 168 期至 173 期首次刊載《半生緣》外，也藏有該電視劇的黑膠大碟唱片，由星加坡凱旋唱片公司出品，香港總代理文志唱片發行。香港電台前台長鄭啟明向筆者提及：「這套距今超過 45 年的麗的《半生緣》，相信電視台錄影磁帶已被洗掉，有否存在已成疑問？如今這張《半生緣》黑膠唱片仍存在世，非常萬幸。」

　　編導張之珏將張愛玲小說《半生緣》改編為麗的電視劇，描寫幾個性格不同的人物包括沈世鈞、顧曼楨、祝鴻才、顧曼璐、張豫瑾、石翠芝，發生幾段不同的感情遭遇，因著環境、時間的變遷，陰錯陽差的成就了幾段姻緣，然而在生活中每個人都若有所失，各有追尋，在感情與生活中，仍然面臨掙扎與等待，並不得到滿足。藉著劇中人的演出可看到舊社會對婚姻、愛情的獨特看法，喚起現代人對婚姻與愛情的覺醒及思考。《半生緣》改編自張愛玲原創小說《十八春》，1951 年在上海完成，距電視劇播出之日已相隔 25 年有多，但是張愛玲的小說至今仍被談論，仍被研究。據首播當天《工商晚報》報道，以「張愛玲《半生緣》今晚播映第一輯」為標題寫有「麗的電視首次將《半生緣》搬上螢幕，以戲劇的技巧，表達原著的精神風貌，更取其淡然而傷感的內涵，可以說

是一大創舉，因為在過去並沒有任何一家電視台做過此種嘗試。」

《半生緣》該劇播出後大受觀眾歡迎，特別對陳振華飾沈世鈞和李影飾顧曼楨的演出，非常讚賞，可見編導張之玨的用心及手法細膩，可惜的是該劇不能在上海及南京實地取景拍攝，而服裝及道具還缺少了那股昔日舊滬往寧的味道。但當時令宋淇及改編徐速原著《星星月亮太陽》的秦羽最為不快的，是該劇集內容被修改得與原著出入很大。據宋淇於 1976 年 3 月 11 日致張愛玲的信件中提及「劇中祝鴻才變成一個喝醉了酒的人，竟去污辱顧曼楨，但其姐事先不知情，也成了一個無辜的犧牲者。」信中又提到張愛玲曾說：「嫁出去的女兒，潑出去的水。電影和電視反正就是這麼一回事。」

俗稱為麗的李影版《半生緣》全劇共有 25 集，於 1976 年 3 月 19 日在麗的播放完畢，成為亞洲首次改編張愛玲的同名小說作品成功搬上螢幕。四十多年後的 2020 年 11 月 20 日，由楊亞洲、楊博執導，劉嘉玲、蔣欣、鄭元暢、郭曉東主演共 48 集的《半生緣》，在內地網絡平台啟播。該劇集除部份內容改變外，連名字在上映前亦改為《情深緣起》，根據該制片人表示《情深緣起》劇集希望透過新視角來詮釋老故事，用現代的思維和審美來鋪排人物的命運線。至於《情深緣起》能否吸引觀眾，最後由收視及評價來判斷，期待日後再有新的《半生緣》電影、電視或舞台劇出現，張迷及電影迷又可以重溫一次淒美憂怨的愛情故事。

　　1951 年 11 月，上海亦報社為記念《亦報》創刊一週年，將張愛玲的《十八春》以單行本發行，初版只有 2500 冊。

　　張愛玲的《半生緣》改寫自她於上海 1950 年至 1951 年間創作的《十八春》長篇小說，原刊登在《亦報》

副刊中，並署名梁京為作者。圖為《十八春》第十三章
之九，刊於《亦報》。

　　許鞍華執導張愛玲的《半生緣》，於 1997 年 9 月
12 日在香港首日上映，黎明及吳倩蓮分別飾演沈世鈞及
顧曼楨。

　　1997 年吳倩蓮及梅艷芳分別飾演《半生緣》的顧曼楨及顧曼璐兩姊妹，梅艷芳於翌年榮獲香港電影金像獎最佳女配角獎。

　　張愛玲在《十八春》小說中減去政治色彩濃厚的內容，並將小說名字改為《惘然記》，至後來定名為《半生緣》，於 1968 年 3 月至 7 月份《皇冠》雜誌第 168 期至 173 期重新發表。

　　1969 年 3 月《半生緣》單行本初版發行，正式取代《惘然記》小說名稱，成為張愛玲的經典名著。

　　1976 年 2 月 16 日，麗的電視台首播《半生緣》電
視劇，是影視圈首次改編張愛玲的小說作品。圖為麗的
《半生緣》黑膠唱片，由黎小田作曲，龐秋華填詞，宋
豪輝與張寶之主唱，歌曲包括以小調形式演繹的《泣相
思》、《湖畔鴛鴦》、《半生緣》等等。

　　亞洲電視本港台於 2002 年 2 月 23 日首播由胡雪楊執導，
胡玥編劇的《半生緣》，演員陣容包括林心如、譚耀文、蔣勤
勤、李立群，分別飾演顧曼楨、沈世鈞、顧曼璐、祝鴻才。

沿途拾石　　尹文羽

一種拾石衝動帶我們來
現在往下為彼此選一條路
我說平路才好
你卻伸手指向跌宕的石
於是只能小心翼翼慢慢爬行

石頭濕潤得長出厚青苔
很像那捋不直的舌頭
讓你我同時滑倒
怕痛的我笑笑、
洗洗傷口然後
徑直往離開的地方去
要更易跌倒可以互相扶手

傷口用海水沖刷　至今
腿上仍隱約見疤痕
該怎樣換個方式表達
暈船嘔吐的感覺
反胃的聲音使你直蹙眉
可百般殷勤使我
只能用嬌嗔的方式責怪你

翻開糖衣包裝

剩下相濡以沫的痕癢
想著已為今天施展過報復
努力又不費力地忘記
努力又不用力地想像
database 整副模樣
build up 屬於你我的 model
學著這些未被解釋的字眼
能否換來你對我的 drill down
你有否為這 A 與 B 找過
Connection?
Assumptions?

多希望會發現
我是如此的浪漫癲狂
為睡不著而發的脾氣
橋段來自
愛在瘟疫蔓延時

死亡標本　　文滴

每片黑夜化開
我們都會漫遊城市的心臟
散步的時空
彷彿拉慢整個世界
我們的時針
卻被誰
偷偷轉快

你決定將秋天的顏色
放入信封
封存時間流逝的痕跡
我說
紅葉的顏色與黃昏相近

沒有快門留住的夕陽
才能永遠擁有
即使記憶有落差
不斷重播的畫面
就像相機的咔嚓
發出永恆的聲音

你說
日本插花中

分不清生花的美學
是呈現一種自然美
還是一場大屠殺
人類只是妄想
將死亡的美製成標本欣賞

閱後即焚的世代
回憶來不及備份
我們躲在哪一段
才能逃過刪除的一瞬間
或是
這次的相遇
已是無數次的
交叉重疊
而我們
一次
又一次遺忘彼此

小詩四首　　　　何樹顯

〈橋〉

早上，初次穿過紅橋
聽到吱吱的鳥聲，可是完全沒有人；

午餐，再過橋
只有母女倆迎面牽著手緩緩走來；

第三次，回家時
天空已經轉暗，河水染上橙色
我看著橋外的風景
聽不到聲音，也看不見人了。

〈風箏〉

藍色的天空

有三條蝌蚪向上爬，看清楚
有一條丟了尾巴

是你心情不好，剪掉的嗎？

〈突發事件〉

送你上救護車，說聲再見
轉身便清楚覺知天氣轉涼
剛好河邊，一隻柴犬正領在女主人的前方
碎步踩在滿地黃葉上邊
總覺得這個場景很適合散步

奇怪的是，
為甚麼我覺得這兩件事之間有著關連？

〈她寫錯了你的名字〉

突然，你變成了一方器皿
突然，可盛載別人的心意，
突然，我得意的捧在手心，
突然，有一種溫度，
便想喝下去，
突然，變成另一種心思，我想一想，
將其寫成文字，教你以後要
：有碗話碗，有碟話碟

飲食治療　　余言

異地生活
久了總愛尋找中餐廳
米飯、港式點心和叉燒
香辣的川菜與沸騰的火鍋
經歷在地化的改頭換面
一如廚師混雜的口音

薄餅上芝士拉出長長的絲
我們的生活是不必詳述的省略號
重複蕃茄醬
重複牛奶
重複馬鈴薯
偶爾烤一隻春雞
預備開一場不眠的派對

還是去一趟貨物齊全的亞洲超市尋寶
東南亞醬料成了百子櫃中的藥材
咖哩磚、豉油、豆瓣醬、麻油
同樣雪白的生粉和糯米粉
醫治思鄉病的定期藥方
室友們總問為甚麼亞洲料理那麼麻煩

為甚麼午餐不來一盒沙律就好
翻拌不同品種的蔬菜
在紅莓醬汁的包容下和平共處
巧克力蛋糕和鬆餅也可以療癒
深夜時分
一個人孤寂的胃口

白晝之夢　　李文靜

昨夜，我終於在夢裡向他告別。某種刺青一樣的隱喻，從身上脫落。

我比鬧鐘更先喚醒自己。拉開窗簾的時候，積累了一夜的陽光，漲潮一樣湧到身上，金黃色的濕了一片。我把睡衣換下，然後是早餐和閱讀。

側躺在床沿，借著日光我把書裡的字一粒一粒挑出來細看，意義破損的就丟棄在床角，和昨夜的夢一起等待回收。我轉換了幾種臥姿，那些字就趁機跳到眼皮上，一點點地往下壓。樓下不熄火的貨車傳來轟隆轟隆的聲響，像在快速攪拌著甚麼。時間被打發成一坨粘稠的蛋白，糊糊地蓋在身上，有種溫暖的錯覺。

五分鐘後，烤麵包機「叮」地一聲，跳出兩片烤焦的夢。那種褐色的焦黑，像我身上某處，正要凝結的一塊痂。

詩三首　　張海澎

〈境〉

是鸛在模仿樹
還是樹在諧擬鸛？

鸛和樹各自都站出優雅的立場

是水映照著天空
還是天空襯托著水？

水和天原本只是霧的兩種面容

是黑詮釋了白
還是白虛構了黑？

黑與白以自身的意境言說世界

哦，是世界在模仿
自身的倒影

〈靜〉

夜清如水——

如水的夜色
沿著蜿蜒跌宕的月光
將寂靜涓涓匯入
滿湖的碧水

水靜如空——

如空的碧水
傾聽岸上那遺世的茅屋
將鼾息的漣漪盪向
無盡的虛空

空空如夜——

如夜的虛空
亮起滿眼的無眠
枯樹在一輪現象裡夢遊
尋找扎根的處女地

皎潔無瑕的心緒　泛起了
漫漶的謎思

〈天外〉

為了從雲的上端俯瞰雲
我喬裝成一隻鷹
潛入畫面裡

在白雲的上空盤桓又盤桓
鷹以銳利的眼睛捕捉世界
可用風雕成的翅膀
無法在洶湧的雲濤中
拋下投影的錨

為了從雲的下方仰視雲
鷹喬裝成詩人
危坐世界中

在白紙的上空盤桓又盤桓
詩人透過近視鏡詮釋世界
可用語言鑄成的思想
只能困頓在字裡與行間
捕風捉影

從雲的上端看世間
——風起雲湧
從雲的下方觀世外
——雲淡風輕
其間的區別
是翱翔與運筆的區別
是觀賞與觀望的區別

而一筆黑色的意象正以草書的落拓
潦出天外

有時候　　張楨

有時候，
世界好大，自己太小。
認識的人那麼多那麼多，
厚厚的通訊錄，
卻一直沒有想打電話的那一頁。

每日的喧鬧，
只是因為自己的出現。
隱身一天，
有誰會注意到？
倘有在意的，
卻不知道該回覆些甚麼。
好想好想回覆的話，
發出上一句的人在哪兒？
若有人問我為甚麼憂傷，
我不敢說出你的名字。
原來，
我們依然是孤獨的靈魂。

有時候，
世界好熱，自己太冷。
前天還歡聚，
昨夜已無眠。
為了誰啊？愁思輾轉。
今晨依然要按時醒來，
永遠等著的，沒有誰。
只是無盡的該做的那些事。
若有人看到我在風中獨行，
我不敢把眼淚流下來。
原來，
我們依然是無助的靈魂。

詩三首　　湯圓圓

〈我想和你互相折磨〉

我想和你互相折磨
糾纏昨日上映的電影
我想和你練習失戀
模仿情侶分手
在失去對方以後
我想和你重新開始
然後一起患病
好像只要同病就會相憐
我不知道歸屬感能不能牢牢牽絆二人
但我只想和你互相折磨

〈我想變成海〉

我想變成海
有原諒的能力
又不會流淚

在你背叛以前
我想變成海

〈我喜歡在書店發呆〉

我喜歡在書店發呆

把日子沖成

幾本書、一頁文字

及一把在窗台留下尾巴的傘

讓人狼狽的雨天

發生在這個潮濕的書店

他脫下鞋子，拿起掛在木書櫃旁的結他，撥動弦線

老闆瞪了瞪，他

輕輕的，校正了一條

回家的路線

降   葉英傑

你來電的時候已經不早
差不多翻到另一天
聽到你身後籠罩著背景音樂
聽不到在唱甚麼；那是卡拉 OK
已經忘記你說過甚麼
知道我只要聽，讓時間
做自己的事情；知道應該
把你身上的混沌
推後，把你的聲音
移前。想從你的說話中
找到正在前進的閃光；
曠野中一隻顯眼的動物，一棵
很有耐性的樹，或是
這範圍最高的建築
你盤算要擊中的其實是甚麼
雷響終於到來時候
努力保持平衡吧
注意那光路
想知道它有多光。

2021 年 8 月 15 日至 23 日

一條城市草——
感覺一個有文字風格的女作者

鄧阿藍

生長在飄飄中
深綠長著直莖
城市石地上空
一條城市草凌空著
葉子稀少的在空氣裡飄動
濁氣混成無形的籠

那一角落　　盧嘉傑

電車路蔓延至市中心
綑綁無數任意萎縮的軀殼
燈柱依然躺臥　一次又一次輾過
卻牽掛在對街唐樓

電視機看你的沉默
即使依然無言
寂靜刺破你的耳朵
你嘗試拉開抽屜　放出久存的吶喊
掩蓋都市的歡笑聲

曾經嘴角的一雙翼
現已濕透
透視著你那不知所以的倦容
「咔嚓」
停下了你最後的笑靨
和那半空的雲

至於
那些隨風飄散的口號
終化成炊煙
纏繞在某個角落

弱光兩首　　驚雷

〈一〉

汗液澀進眼眶的時候，我忽然想起
無法讓它們順利融入眼球的水狀結構（但眼淚也有
人造的，我知道）

我放任疲倦的光刺痛雙目
用一種修辭法關起僅有的窗戶。拒絕一切溝通

學習夜行、摸索通往深山的某條小徑（或許還有更多）
我們總喜歡裝作無知

〈二〉

密集的步伐結聚一群蒼蠅──
一連串洞穴張口，等待把他們吸進
非主流的語言在陰暗處湧動著

列車行駛時，他們靠近
他們旁若無人、耳語著：
她知道他是一個厭惡累贅的人（我只知道我聽到起
曬雞皮）
她開始不經意地打量他（看起來對他很了解）
他的情感異常豐富（這本來不含任何貶義）

——所有得不到的都需要毀滅（但不是必須）

於是，一道光決定
砍裂盛著化合物的玻璃瓶
讓廉價的香氣在擠擁的小車廂裡
搖搖晃晃

話舊：大埔墟

孔慧怡

一、本地 Punti、客家 Hakka 及其他

雖然我從小住在大埔墟，父親又跟本地鄉紳頗有往來，見面時都是「叔叔、伯伯」地稱呼，可是我對各鄉村居民的背景一點都不了解，主因大概是他們跟外人相處時，都講流利的廣東話。我有些小學同學也來自附近鄉村，我知道他們的母語是客家話，可是總沒聽他們在學校用，因此讓我起了兩個誤解：第一，是以為所有鄉村居民都是客家人；第二，是以為所有在鄉村長大的人都屬於港英政府承認的原居民。

後來和本地理民府的聯絡官接觸多了一點，常聽到他們向上司解說原居民中誰是 Punti 本地，誰是 Hakka 客家，才明白原來新界鄉村不都是客家人，得看他們遷徙到新界前原籍是講甚麼話；港英政府把講廣東話的鄉村稱為 Punti 本地，以別於客家村子。這算是打破了我第一個誤解。

但知道有些鄉村居民的母語是廣東話，卻加深了我第二個誤解，以為凡是在鄉村長大而講廣東話的，都是所謂 Punti 村民。終於為我破解謎團的，是一位在上水鄉村長大，卻不算是原居民的朋友，她以自己的家庭歷史說明了一段香港歷史：從 1930 年開始，廣東省很多家庭為了追尋比較和平的生活，遷移到香港。他們沒有錢，不可能租現成的房子，於是在新界鄉村附近找一小塊不

是私有的地，先取得村民諒解，簡單地用木板搭房子居住——在政府看來，這當然是違章建築，但那時的環境很難嚴厲執法，郵局、水務處和電力公司也都為他們提供常規服務；環顧二十世紀的新界，難民和新移民一波接一波，這樣的房子真是多如牛毛。當地一般村民對新來者的反應是同情，村裡大戶人家過年過節派糧食糖果，都會把這些新來者的孩子算上一份，因此表面看來，他們更像是同村人。

可是所謂原居民，並不看你或你的父母在甚麼地方出生、長大，而是看你的祖宗在哪裡。我的朋友用一個簡單的說法喚醒了我：「要睇祖宗祠堂喺邊呀。好似我咁，祖宗祠堂喺大陸，點可以算原居民呢？」

反過來說，不少新界鄉民在幾十年前移居外國了，但他們在海外出生的子孫只要把名字記在族譜上，就算是新界原居民。

二、永別香港的孩子

日治時期，很多香港居民回到大陸鄉間，原因是香港糧食不足，日本人採取苛刻的政策以盡量減少人口，加上日軍本來就愛用暴力對待本地居民，很多家庭決定讓母親帶著孩子回鄉，父親單獨留守，希望保得住房子和僅有的物資。這些孩子戰後歸來，不少已經超過正規的入學年齡，成了超齡失學群體的成員。

儘管如此，他們還算是幸運兒。當時決定回鄉的家庭，不少發現他們的鄉下也正面對糧食短缺和日本苛政，

加上缺乏衛生和醫療設施，孩子因為營養不足，容易患上疫症，又無法診治，很多就死在鄉間了。日治對新界鄉村的打擊很大，例如大帽山的上塘村在1930年代有三十多戶，包括不少孩子，到1945年日本投降時，已經成了荒村。

我有一位戰後在香港出生的朋友，她的家就遇上這樣的悲劇。日治期間，她的父親在上水的村子留守，被日軍拉去灌水逼供，要他說出遊擊隊的行蹤；其實他一無所知，還好沒有因此喪命。她的母親帶著她兩個哥哥回廣東的鄉下投靠親戚，好不容易等到日本投降，可是兩個孩子都死了。她母親單身回香港，夫婦倆一輩子都不再回鄉，因為受的打擊太大了。

沒有人做過統計，這樣永別香港的孩子到底有多少。

三、不一樣的原鄉人

1960年代初，港府興建船灣淡水湖，工程龐大，而且影響很多農田的灌溉水源，加速了農業式微，直接推動大埔附近農村居民到英國找出路；而讓這個移民潮迅速成長的，正是一個來自淡水湖附近鄉村的原居民。他所起的作用那麼大，以至有學者稱他為新界的「移民之父」。他的名字：黃源章。

黃源章的祖籍是大美督村，可以說位於淡水湖的大門。1960年代，一般村民還是過著簡樸的農家生活，但黃源章卻不一樣。他很年輕時就離開香港，在英國和美國居留，多年後從荷理活返回香港，在大埔創辦旅行社，

專門經營往英國的包機服務。

在那年代，一般的飛機票價錢高昂，有了包機的廉宜票，村民想到英國謀生就有現成的路了。而黃源章所鋪的路並不限於此：他還可以運用在英國的關係網，為初次離鄉背井的村民安排在不同城市的餐館工作，因此當時到英國去的香港移民有個特點，八成在出發前已經受雇於中餐館。1960 至 1970 年代，大埔極流行「去英國洗大餅（在餐館洗碗碟）」的說法，正是黃源章效應。無獨有偶，1990 年代大批波蘭人以歐盟公民的身分到英國工作，同樣也說是去洗大餅。

這位我從小稱為黃 Uncle 的大美督村代表，除了服務移民之外，還有許多與眾不同的地方。首先是說得一口極流暢的英語，也熟悉西方的社交禮節，這在 1960 年代的新界是極少有的。他與港府最高層的官員周旋和談判時，自然比別的鄉紳佔便宜了；他能連任新界鄉議局主席或第一副主席十多年，這應該是個重要因素。黃源章的另一特點是心直口快，不拘泥於傳統，更不怕挑戰傳統，常被保守派說他是「鬼佬性格」。他的性情就像他心愛的平治跑車──要快，要好。當年的新界鄉紳對非原居民或多或少還是「見外」的，我父親工餘在社區服務，對此不無感受。但黃源章卻力排眾議，真的只看幹才，不分內外，更不怕其他鄉紳說他抬舉「外來人」。

新界鄉議局是代表原居民的組織，但原居民並非一個模子倒出來的，各有背景和個性，對事情的看法也可以南轅北轍，在香港的動盪時期尤其如此。1967 年暴動

期間，新界的鄉事勢力就明顯地各有不同取向，有些鼓勵子弟戴著毛章去上學，在課堂上謾罵，挑戰老師；有些本來與新界理民官關係極好的，忽然翻臉割席；而當時作為鄉議局主席的黃源章卻挺身而出，支持港府，被左派痛罵為「黃皮狗」，在刺殺名單上名列前茅。（暴動時期，本港左派稱外籍官員為「白皮豬」，而支持港府政策的華人則是「黃皮狗」。）這可不是說著玩的，當年香港商業電台的林彬被殺就是例子。

　　新界鄉議局一次會議之前，忽然接到電話通風報訊，說主席座位下放了「菠蘿」；警察到場，發現真的有土製炸彈。港英政府體會到黃源章可能面對的危險，決定給他特許的手槍執照。我們後來知道了，都說黃 Uncle 奉旨攜帶武器。

　　在黃源章看來，凡有違反大原則的事情，不能坐視不理，即使要在老虎身上拔毛，也不畏懼。當他在鄉政圈中冒出頭角的時候，曾經有人倡議在新界開設賽狗場，以帶動經濟發展，他認為不但會破壞新界民風，更會影響治安，於是以大埔鄉事會主席的名義領頭反對，在報章上刊登大幅告示。現在回想起來，我覺得他的性情真有點像中國史書上描寫的「俠」。

四、網上尋他千百度

圖 1 ©Bruce Deadman，Andrew Suddaby 提供。1958 年的富善街。

圖 2 一個甲子後（2018 年）的富善街。

這兩張照片攝於同一位置，時間相距六十年。

遠在 1958 年，幾個在英國皇家空軍服兵役的青年人帶著新買來的照相機，工餘坐火車遊覽新界，拍了很多照片，包括這張大埔富善街街景。左面第一家老房子，門前掛著「廣花棉胎」的招牌，是我小時站著不願離開的地方，因為老闆打棉胎的手法簡直像「魔法」。幾十年來，我忘不了魔法師，卻早已忘了他的店名。沒想到這幾個遠道而來的英國青年，認識這家店比我還早；感謝這張在網上偶遇的照片，讓我想起老店的名字。

「廣花棉胎」在十九世紀末已經開業，傳到了第二代，就是那位我愛看的棉胎魔法師。至於今天的富善街，棉胎店早已不見了，老房子的模樣也無法看清，這兒成了水果店，據說我的妹夫是常客。

那幾位愛拍照的英國年輕人屬於皇家空軍 367 信號部隊，1958 年在香港服兵役，住在港島小西灣的英國兵營。碰巧我的丈夫卜立德和他空軍中文班的同僚當時正好也在香港服兵役，而且住在同一個地方。有趣的是，他們堅守官方保密原則，河水不犯井水，從來無緣遇上。而我呢，卻能在六十年後在 Gwulu 網站通過 Andrew Suddaby 上載的照片，接觸到這小小一段歷史。

夕陽依舊

朱少璋

　　綺雯老師出版《師心童心》（2014）和《愛有多深》（2020）都囑我寫序，我先後以〈我們喝咖啡去〉和〈咖啡都擱涼了〉應命，兩杯「咖啡」內容東拉西扯權充粵語俗話「得閒飲茶」的會面承諾：略帶客套但其實不一定兌現。2021 年 10 月綺雯老師傳我短訊說正在籌備出版新書，文集取名「幾度夕陽紅」。我一時間倒想不起笑談間的古今往事，卻想起了另一些「夕陽」名句。

　　晚唐詩人李商隱名作〈登樂游園〉四句二十字千古傳誦，連杜牧同題七絕「五陵無樹起秋風」都要給比下去：

　　　向晚意不適，驅車登古原。
　　　夕陽無限好，只是近黃昏。

　　末句「只是」向來解作「只可惜」，大有好景不常、美景難留之意。後來有學者考證出詞意更可能是「只有」，則明末杜首昌「最愛夕陽無限好，遲遲不肯落山腰」真是知音人語；清初裘君弘改李句為「夕陽無限好，莫謂近黃昏」之舉，則嫌多事了。程夢星刪補的《李義山詩集箋注》說〈登樂游園〉「當作於會昌四、五年間」，詩人正是剛過而立之年；據此看來，「只有」、「僅僅是」、「恰好是」確比「只可惜」來得合情合理。

　　晚清詩人廉泉 1907 年在小萬柳堂與好友宴聚，即
席賦詩二首，其一云：

　　毬場淺草接花叢，一水當門認寓公。
　　詩思撩人知茗好，夕陽穿樹補花紅。
　　坐看歲月堂堂去，乘興滄洲面面通。
　　團扇及時藏亦得，不須憔悴怨秋風。

　　「夕陽」佳句脫口而出即不脛而走，詩壇爭傳，人
咸呼詩人為「廉夕陽」而不名；名號風雅足可與「賀梅子」
媲美。廉詩末聯虛寫婕妤不怨團扇不怨秋風，把秋扇「見
捐」說成「及時藏」，胸襟豁達積極；難怪頷聯的「夕陽」
一點都不遲暮不頹唐，穿樹餘暉尚補花紅，那管歲月堂
堂而去。廉泉作此詩時 39 歲，以將屆不惑之年的心態寫
夕陽餘暉，「穿」字「補」字都勁健有力。
　　綺雯老師在 66 歲再輯刊個人作品成書，書題借用
楊升庵〈臨江仙〉名句「幾度夕陽紅」也許附加了對歲
月或生命的叩問——相信堅實的信仰早已為她提供了具
體的答案。試讀她在〈艱苦的路恩典的路〉中既說「我
們無法知曉神的安排」，試問又怎會同時知曉「一切都
掌握在父的手中，祂有永恆的計劃」呢？只看日出日落
朝陽夕陽總不失時，自亙古以來直至唐宋元明清再到千
禧年代的今天，又由樂游園到小萬柳堂再到綺雯老師的
西窗，夕陽依舊——天父信實，就在其中。
　　人生種種遭遇到底是苦難還是恩典？綺雯老師從天

父領會到的答案，都或明或暗或詳或略地寫到文章裡去。

正是「暮靄生深樹，斜陽下小樓」的傍晚時份，夕陽既溫煦又不刺眼：一如綺雯老師的文章，既寫得別具溫情，又好看。

雨

李藏璧

　　雨、在他來說，是一種非常的情意結，總是纏纏綿綿。譬如那個「雨」字，結構就像一幅有意境趣意的圖畫。看看那個窗框，恍似框內有四滴水點在飄灑著，很象形又動態，更達意傳情，非凡的中國方塊字！

　　雨天時，他常佇立凝望，癡呆的入神、出竅。幽窗黃昏冷雨，雖然窗外沒有梧桐，沒有芭蕉葉，只有筆直木然的電線桿，滴滴答答，有時長達幾句鐘。雨點不曾說些甚麼，他自然地想念自己的故人，親人，還有許多花果飄零在世界各地的同學和朋友；又或者有時想起日本電影《羅生門》的智者，看著簷前的雨滴，感歎人性自私的黑暗面。曉來雨過，晨早新鮮的空氣，帶有露水和草香撲入鼻腔。他可以貪婪地深深呼吸，於是涼涼、潮濕的充滿他底喉嚨和肺葉。經驗告訴他：大概春雨總帶點料峭，風一起，便帶著寒意，於是侵佔頸部再竄進衣襟又滲透皮膚。夏雨是熱鬧的，一陣子趁著一陣子的，嘩啦嘩啦，又衝動又澎湃，夾雜雷聲隆隆不斷，彷彿是一首命運交響曲。霏霏秋雨通常是零落飄飄的水點，漂泊不定，雨霖鈴啊，鈴聲如輕輕歎息的味道，下雨後，枯黃的樹葉散落匍伏樹旁的周邊，更添多幾分秋色。冬雨，尤其是碰巧風大，每每凍冰徹骨，他畏冷，下雨時多數留在屋內，足不出戶。

　　他第一次看雨聽雨在廣州開往香港的綠色鐵皮火車

上。1949 年他剛四歲多，雖然童稚，但記憶深刻，印象矇矓卻又清晰的畫面，某個隆冬的晚上，斜斜的、濛濛白色的雨霰打在車廂，劃花了玻璃的透明，雨點沿著玻璃的上邊像一條水線滾流而下。隱約間，響亮的警報聲此起彼落，火車站內外一片混亂、蜂擁徬徨的群眾湧向剛煞制的火車，有些背著小孩，拖著行李細軟，大聲吆喝和呼叫。他的母親和哥哥及三個姊姊，穿著衣不稱身的綿襖、正在互相依偎瑟縮。他看到他們的包袱，知道要離開自己熟悉的家了。火車嗚咽、呼吸沉重，然後長笛一鳴，在羅湖停了站，原來它要轉移軌道，母親突然冒雨下車，他不禁放聲大哭。過了很長很長的時間才見母親回來，她一手拿傘，另外一手挾著一袋麵包和蘋果，他才破涕而笑。後來他回想那晚，竟然是人生命運轉捩的一晚！

　　他第二次看雨聽雨在尖沙嘴鐘樓附近五支旗桿的海旁。那時二十歲，青春正茂，戀愛的季節，四周是燦爛的紫荊而每一刻是燦爛的時光，美麗的人美麗的大廈美麗的海美麗的希望，遙望太平山山頂的雲霧任意浮蕩飄飄，很自由很不羈很放浪，雨點飄在半空中，然後瀟瀟灑灑的墜下，淅瀝淅瀝有節奏的落下，多麼天籟自然，充滿香氣和靈氣。濕漓漓的興奮，濕潤潤的夢。維多利亞港的海面雖然並不浩瀚，但漾漾盪盪的微浪濺起，一朵朵小白花的泡沫和旋渦，微風撩拂過她長髮，她隨即嫣然一笑，溫馨和溫柔。少年的輕狂，心意容易撼蕩，只願雨永不要停下來，忘記了傘忘掉了一切，他的手，

盈盈緊緊握住這個初夏。

　　第三次看雨聽雨在家鄉番禺的蓮花山，他獨自夜宿山上的酒店，岑寂的房間靜得很可怕，天色驟然瞬間暗晦，氣溫特降，空氣渾濁濛鴻，然後躁動的黃豆、白豆般的水滴，順著野蠻的狂風，肆意的潑灑敲打，蓮花山的谷壑低沉，像妖怪鬼魅的樹幹樹葉的黑影隨風亂舞。他睡不著，知道老天鎮夜不停地滂沱、吼號和嚎哭。早晨推門步出，草木豎殘狼藉，橫在眼前的一條珠江河水暴漲翻騰，滾滾泥黃。那年，他、四十八歲。

　　七十歲，情懷已老，此生忽忽憂患裡，他變成了一隻柔軟無力、再也振飛不起的風箏。你是誰，誰是你？誰不是走過紅塵百刼而孤獨？！不記得是哪個詞人的詩句：「夜深人物不相管，我獨形影相嬉娛。」三年前曾經有一晚雨夜，乘台北捷運四十分鐘到了磚紅色的尾站，淡水鎮這塊地方的漁人碼頭，當時月影沉沉，暗潮拍岸，無端寒瀨，漫天細雨如霧如煙，跨過白色斜張的情人橋，從遠處飄來到淡水河及觀音山。秋風颯颯，回首經年堪驚，寂寞悲涼。他再一次看雨聽雨，雨、可能就是歲月的嗆聲和嗓聲啊！

2021 年 2 月 18 日

那些老人家

胡燕青

　　小時候修讀英國文學，最常見的感悟是人生短暫、歲月匆匆，少年之光芒華美稍縱即逝。這「稍縱即逝」有意思。我問：不縱又如何？捉得住嗎？中年細讀唐詩宋詞，情貌相似，體會更深。西方人不忍心人之老去，上濃妝以掩其乾癟無牙之貌，結果弄巧反拙，形如殭屍，非常可怕。往日中國人視年老為智慧的高峰，認為家有一老，如有一寶。老人稍得安慰之餘，也還有點說話的地位，自信使其慈祥，反見其美。但是，使漸漸變老的人最不安的，卻不是看著自己老去，而是看著別人高速地衰退——變得行動遲緩，一臉皺皮，眼睛黯淡得像松香，眼黏膜外翻，鼻子上的皮膚因拉扯而光滑。廣告說一條皺紋讓人老十年。我跟兒子說，那麼你媽媽千多歲了。他哈哈大笑起來，我卻悲從中來。怎麼這可愛的小兒子，也已經變成大叔了？以前恨他太瘦，如今我有時叫他做「肥仔」。他尚只是慢慢變樣子，小貓們則觸目驚心。

　　我們家的小貓已經不再是「大叔」、「肥仔」了。該是伯伯、姐姐等級次啦。小貓到我們家裡來，各有因由。小黃貓粉仔和小灰貓柚子是兄弟，初來長不盈掌、恐懼慌張，每每躲在沙發的縫中「避禍」。他們是貓義工從街頭撿來的，若沒撿起，他們就得喝溝渠的水過日子，早已不在人間了。短毛咖啡色小貓哩哩則是從愛護

動物協會收養的，與黃、灰兄弟倆年紀一樣。艾殊莉莉則是被鄰居拋棄的小成貓，我們有幸得以收養她。她是唯一的女孩，比三個男孩大一年。一年，也就是貓貓的一整代了。因此她看不起他們。

　　灰色的柚子如今已經離世。我們那時在澳洲。女兒說，柚子最後住院之時，籠子外掛著一個牌子，上寫「幾乎完全失明」。我們此時才明白為何他十年來都掛著兩隻「鬥雞眼」，而且只會在別人跳起之後才學著跳，如同不懂取物，即使跳起也不用眼睛來看追蹤玩具。只怪他曾經拍死過好幾隻小飛蛾，我們從未意識到他不怎麼看得見。知道之後，心傷透了。他曾經那麼小，伸開小手指抓的時候，手掌比前臂大很多，明顯地瘦。長大之後，他體型最有質地，鬥雞眼既圓且亮，毛色鮮美，肌肉柔軟，惹人喜愛，胖得有「幅員廣」之稱。我們覺得他在幾個小貓裡該最長壽。朋友有貓須輸血，我們一早就認定他最合適捐輸。他還有一副超美男高音嗓子，圓潤而清亮，一開口，真是高不可攀。牠身體看來很健康，只是智力似乎從未加強。慢慢地，我們接受了他的笨。每遇陌生人，柚子就蟲行躲閃，吃東西前要嗅好久，貓零食一概不吃，死板地只鍾情於一二種貓糧，食量也不大。他離去的時候，卻是因為脂肪肝。嬰孩時期，他從未頑皮，少年時代，他從不好鬥，中年到了，他日益廣大。就這樣，他的一生在我眼前一晃而去，不久之前他才出生，喝水時胡亂把手也放進水盤子裡。我在房間工作時，他會來打招呼。高音一起，我就知道他來了。我

喚他，他就叫一聲，回應時音調較沉，好像大叫「媽咪」
之後，很滿意我說「柚子真乖」，就細細再叫一聲，然
後離去。怎麼一生就只有這十一年？暖暖的，會叫媽媽
的，會做蘭花手的柚子，從未曾好好看過世界吧？每次
記起他，我都熱淚盈眶。因為他病死時，我們不在港，
只有小兒子和女兒送他。

　　柚子走後，小哥哥粉仔很失落，他彷彿一下子老了
一代，天天跟著哩哩轉，好像要看清楚哩哩是不是柚子。
哩哩卻不理他，除非天氣冷得很。粉仔如今已經十二三
歲，腦袋有點事，經常抽筋。柚子走後，粉仔一身金黃
色的毛也愈來愈暗淡了。他站住時，一下一下地大幅度
震抖，像患上了柏金遜症的老人家，用力抱住他，他的
身體還是會不自覺地「跳」。他的眼睛積著咖啡色的眼
垢，一點點聲音就能把他嚇壞。他要奔跑一輪才上廁所，
一面跑一面叫，到廁所了，又不斷地移位，最後移離了
沙盤才成事。曾幾何時，小粉是我們的美少年，小兒子
稱他為金色小貓。他特別愛玩小繩子，一條鞋帶就可以
讓他和柚子樂上半天。可惜，他的童年只有幾個月，哩
哩一來，他們二對一地對峙了幾天，然後小兄弟輸了。
小子倆扭成一團扮「大隻」，卻仍膽小得很。最後，哩
哩做了「大大哥」，「凶」他們，「點」他們做事，他倆
要服侍他。未幾，柚子自己躲開了，好像小三自行藏到
窮鄉去，只留下粉仔兩頭奔走。他得去給大大哥理順毛
髮，又得去鼓勵小弟。有時他和弟弟睡成八卦圖，大大
哥哩哩看見了，就走過去睡在兩個暖暖的身體中間，使

得兄弟倆只好暫時分離。如今，哩哩還是霸道。他要粉仔繼續為他「舔毛洗澡」，天冷時抓住他不放，天熱時一腳踢開他。到了這年紀，兩位伯伯都不怎麼愛玩了，就只一味睡覺，睡覺，再睡覺。我們家像老人院，人人有床位，卻不守本分，總要在別人的床上留下自己的體臭。日子久了，粉仔知道貓是靠不住的，他要追求更高的存在。我們對他好，於是他要我們抱抱和掃他的肚皮。爸爸一抱，他就睡著了。我們小兒子仍叫這位伯伯做BB，真有點不知所謂，卻又那麼理所當然。

哩哩雖然是大大哥，不講道理，但他很英俊，臉上五官可謂無懈可擊，該圓的圓，該亮的亮。眼珠子是綠色的，有若隱若現的雙眼皮。每逢肚子餓，他就會走到盤子旁邊，用百分百的不亢不卑的誠懇眼光看著你，讓你打開食物盒。他若來抹你的腿，用其俊俏小頭兒「頂撞」你，就說明他有求於你。我曾和他就窗外的小鳥對話良久。我說「雀雀」，他就激烈擺動其鼠型尾巴，口齒狂震。他是眼明手快的傢伙，除了超大的肚腩，還沒有甚麼老態。他是個既要逞強，卻又膽小到極的東西，每次走進不熟悉的空間（例如我房間裡的洗手間）就要先行大叫，以求對方（若有）敗走。他能開衣櫃、推滑輪門，有機會的話，他一定要跳上高高的書架頂，然後耀武揚威。可惜最近他兩邊臀部對稱地脫毛，要給他噴濕疹水。從前一點病痛都沒有的哩哩，如今加入了家裡的病君隊伍，頭罩天天戴，本來勇武的小老頭要去扮圓領小丑，頗為可憐。冬天到了，他也只好從善如流，給

粉仔做貓肉暖包。我們人類終日尋求的人生意義，對他來說，根本是個笑話。他很清楚自己是貓，而貓有貓的想像疆界，不可逾越。

在這方面搞不清楚的，就只有艾殊莉莉。她自認為人類，絕不與貓為伍，來者必受她連環閃電車輪手的擊打。她很小姐，身體也不好，鼻子小得像卡通人物，側臉看起來像一個幼孩，十分可愛，但此鼻用起來卻完全沒有該有的功能，除了發炎。她重複發作的鼻竇炎使我們很氣餒。醫生老是開抗生素，她不肯吃，用盡所有方法把藥丸吐出來。一旦吞了，肚子不舒服，那就連飯都不吃了。一天，她鼻子嚴重堵塞，連氣都吸不進了，就用力打噴嚏（她打噴嚏是自主的）。她的噴嚏可以打一千個，要喝停她。那天，噴嚏打多了，大量血液湧出，把我們嚇個半死。我們怕她會窒息，就抱起她按著鼻子。這次不得已又帶她去見醫生——真好，是次醫生竟然有辦法！他給了我們霧化藥。只要把她放在一個舒舒服服的箱子裡，然後把藥霧噴進去，讓她慢慢吸進就可以了。結果，她愛上了箱子，鼻炎算是暫時好了。不過，她老了，醫生說她骨頭間的軟墊磨蝕了，跑跑跳跳會有點痛。我們也開始叫她做小婆婆。抱住她的時候，會突然想到她走的日子。到時我該怎麼辦？一個毛茸茸的會和你交流的小東西，總有用眼神和你告別的一刻——只需想一想淚水就來了。我一定會記得給她抹鼻子，用棉花棒引導她打噴嚏，然後把她的長鼻涕捲出來的光景。她是英短，成了我的「外籍」小女兒。多年過去了，不知怎的，

總會想到她身體變得冰冷僵硬，然後腐爛。今天，我抱住她唱《鳳閣恩仇未了情》時，她會用尾巴打拍子。只是這樣的時光不知剩下多少了。

看著小動物出生、長大，坡度很陡，因為不足一年，他們就都已經變為成貓了。然後，就是用十多年看著他們變老和死亡。這就是他們的一生、他們在世上走過的全部的路。他們小時滿屋子跑，如今靜寂得像掛畫不慎落在沙發上。

看著小貓們老去，驚心動魄。為了擺脫這種緊張，看電視吧。但看著本來貌美如花的石修米雪變成老公公老婆婆更使人心寒。晚上十二點還是少女宣萱和葉璇在演愛情戲，第二天就是一眾記不住名字的新人了。台慶之夜，汪明荃聲音沙啞，老態龍鍾，如果一道皺紋加添十年，她就是歷史化石了。一小片磨砂黃金，如同一塊不怎麼厚實的恩典落入她感恩微抖的雙手時，誰記得她本來的聲音多麼美？

我為小貓黯然，也有誰為正我們的短暫而憂傷吧？說到灑脫這回事，也許沒有人類的份兒，遑論上帝了。

種芹人曹霑畫冊第二幅：
〈芋芳〉暗喻黛玉的傾城與夭折

張惠

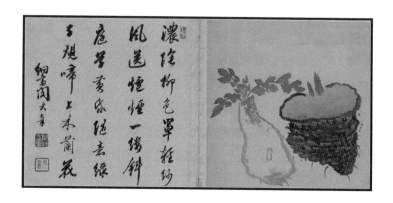

　　《種芹人曹霑畫冊》第二幅繪為芋芳。鈐一長方印，畫中印章為「寫意」二字。附題行書七絕：明末福建女詩人王虞鳳〈春日閒居〉：濃陰柳色罩輕紗，風送爐烟一縷斜。庭草黃昏隨意綠，子規啼上木蘭花。落款題名為「絅齋閔大章」。後鈐白文「閔大章印」、朱文「元音」方印。引首鈐「汶水」長方印。

　　第二幅〈芋芳〉暗喻「黛玉」。對於第二幅〈芋芳〉為何曲折地代表黛玉，沈治鈞先生曾經結合第二幅的題詩「濃陰柳色罩輕紗」做了推演：

　　　曹雪芹告訴他，王虞鳳是林黛玉的一個歷史原型。閔獲此機密，必定印象深刻，不至輕易淡忘，讀到〈春

日閒居〉的時候當然別有會心。及至為畫冊題詩，目睹芊芳，遂興聯想（芊芳→香芊→「香玉」→林黛玉），於是據寧儉堂本俞輯抄寫出〈春日閒居〉。

筆者認為，回到《紅樓夢》文本，曹雪芹也曾將黛玉曲折地和「香芊」建立了聯繫。第十九回〈情切切良宵花解語　意綿綿靜日玉生香〉，寶玉因林黛玉才吃了飯就睡午覺，怕她睡出病來，所以編個小耗子偷香芊的故事來替她解悶兒混過困去。小耗子說自己要變成一個香芊混進香芊堆裡偷偷搬運，誰知搖身一變卻變成一個最美貌標緻的小姐，圍觀的眾耗子都說變錯了，小耗子現形說，「我說你們沒見世面，只認得這果子是香芊，卻不知鹽課林老爺的小姐才是真正香玉呢。」黛玉嬌嗔寶玉是在編排自己，寶玉辯白說是因為聞到黛玉身上的香氣想到的故事。實際上，「香」指「一股幽香，卻是從黛玉袖中發出，聞之令人醉魂酥骨」，「芊」諧音了林黛玉的「玉」，其推導方式為：林黛玉→「香玉」→香芊，因此，〈芊芳〉一圖和《紅樓夢》原文對看含有林黛玉人物元素。

另外，「香芊」還是黛玉的「薄命」之兆。在《紅樓夢》中，雖然明確提到了寶釵、黛玉和鴛鴦都有香味，例如對於寶釵，「寶玉此時與寶釵就近，只聞一陣陣涼森森甜絲絲的幽香，竟不知係何香氣」；對於黛玉，「只聞得一股幽香，卻是從黛玉袖中發出，聞之令人醉魂酥骨」；對於鴛鴦，「寶玉便把臉湊在他脖項上，聞那香

油氣」。但是寶釵是「冷香丸」的藥香，鴛鴦是脂粉香，因為同時寶玉還說讓鴛鴦把嘴上的胭脂賞他吃了，唯有黛玉是真正的體香，而且正因這體香寶玉才編出了這個「香芋」的故事，「我因為聞你香，忽然想起這個故典來。」然而，體香聽來風雅，卻並非佳兆，古人認為這是薄命夭折之相：

> 名花美女，氣味相同，有國色者，必有天香。天香結自胞胎，非由熏染，佳人身上實實有此一種，非飾美之詞也。此種香氣，亦有姿貌不甚較艷，而能偶擅其奇者。總之，一有此種，即是夭折摧殘之兆，紅顏薄命未有捷于此者。

因此，曹雪芹唯獨賦予黛玉「體香」，也是伏下了她早夭的伏筆。因此，這幅〈芋芴〉也雙關暗喻了黛玉的傾城之色與夭折摧殘。

（本文為香港研究資助局資助項目「《種芹人曹霑畫冊》文化生態學研究」

（項目編號：UGC/FDS13/H02/19）的階段性成果。）

舒曼二重奏

惟得

　　一陣喧嘩，錯覺羅伯特與卡拉拉的七個孩子還
在樓房走動，其實這幢新古典主義風格的房子，建於
一八三八年，早已改為舒曼故居紀念館，卻只佔四間房，
其餘的空間分租給一間小學校，精力充沛的軀體怎肯輕
易讓四堵冷牆禁錮？趁著小息，都發洩到追趕跑跳碰間，
羅伯特‧舒曼平生最討厭噪音，包括生活與音樂兩方面，
如果他還健在，必定大皺眉頭，房子的二樓卻是他與卡
拉拉新婚頭四年的居所，倘若錦瑟無端五十年，一弦一
柱思華年，故居四房間記錄舒曼家四個年華，倒分不清
喜怒哀怨。

　　來到東德萊比錫，看舒曼故居紀念館展覽一張愛德
華‧費希納的石版畫，描繪卡拉拉一八三二年在巴黎的
肖像，蝴蝶結髮髻下一張瓜子臉，嬌小的身軀讓燈籠袖
曳地長裙濃包密裹，強充老誠，倘若在她背後插一雙翅
膀，幾乎是神話裡飛出來的仙女，難怪舒曼一見著迷。
兩人的戀愛並沒有得到未來岳丈祝福，固然因為舒曼比
卡拉拉年長十歲，未來岳丈是音樂教師，總是憂慮女兒
作為職業鋼琴家的生涯，會被婚姻斷送。卡拉拉二十一
歲生日前夕，聯同未婚夫向父親據理力爭，紀念館就陳
列一張萊比錫法院頒發的結婚許可證，同時展出舒曼
一八四〇年出版的《神話套曲》，扉頁題有結婚前夕獻
給卡拉拉的字樣，禮物還包括一本《結婚日記》，舒曼

認定它是忠實良友，諦聽兩夫婦開心見誠的心事。六星期後卡拉拉就有一段記載，說兩人共同練習孟德爾遜與巴赫的作品。三年後舒曼的筆錄依然滿懷希望，說賓客共聚斗室，演奏音樂，還歡舞到深夜，比參加盛大舞會更高興。

《結婚日記》沒有提到，房裡白色吊燈下的一座鋼琴，曾經是夫妻不和的導火線，鋼琴由卡拉拉的叔父設計，小巧方正，因為音量不大，擺上大音樂廳便會失掉魅力，只適宜放在家裡練習，極其量為小眾演出。卡拉拉身為職業鋼琴師，總希望給自己訂下規律，每天在指定的時間練習，舒曼的靈感卻沒有定時，福至心靈，最痛恨家裡發出的琴音，卡拉拉不禁擔心自己沒有進步，很快被其他樂師超越，她甚至想到婚後舒曼威脅自己的音樂前途，老父的擔憂不幸應驗。舒曼也希望成為職業鋼琴家，可惜早年過分熱衷練習，手指受傷，再不能公開演奏，在生的聲譽始終不及卡拉拉，說是厭惡家裡的噪音，潛意識可能帶點妒忌的成份。

舒曼是音樂界的賞馬伯樂，眼中的瑰寶，包括舒伯特的交響樂，說是可以傳送他到一個記不起曾經涉足的世界。他覺得沒有孟德爾遜的《仲夏夜之夢序曲》，簡直不可能進入莎士比亞的仙境。舒曼又認定來自漢堡的布拉姆斯，是德國音樂的未來救世主。此外，北方強大的專制君主要是知道蕭邦的作品，就算曲調簡單的馬祖卡舞曲，也是怎樣一個危險人物，可以構成威脅，必定禁止公開演出，舒曼的結論是，蕭邦的音樂是埋在鮮花

的大炮。如果舒曼撰寫的《關於音樂和作曲家》一書未曾令你傾倒，或者我應該附加一句，他也是《新音樂雜誌》的創辦人，舒曼故居紀念館就展覽幾份雜誌的樣本。舒曼的音樂喜惡頗為極端，敬仰的是貝多芬的創意，鄙夷的是羅塞尼的媚俗，提到羅塞尼拜訪貝多芬，他用的比喻是蝴蝶與禿鷹狹路相逢，禿鷹閃避一旁，恐防拍翼時誤傷蝴蝶的粉翅。舒曼承認羅塞尼的歌劇有令人景仰的佈景設計，然而撇開矯飾的燈光和劇院的幻覺，還有甚麼保留？一八三四年舒曼甚至組織一個虛擬的大衛聯盟，要攻擊的就是這一點。

　　寫作之外，舒曼也用音符強調自己的理論，有了文字因緣，好詩過目不忘，舒曼故居紀念館展覽第一交響樂的手稿，提到第一樂章圓號和長號吹奏的雄壯響亮的樂句，就瀲瀁著阿道夫·鮑特格的詩影：「啊！轉彎！啊！改變你的方向！／在山谷裡，春天開始綻放！」樂句在第二樂章變奏為慢板引子，到了第三樂章，小號又重奏主題，用一個意念貫串三個樂章，讓人想到甦醒。既然這樂曲的別名是〈春天〉，第四樂章不妨喚作「春天的告別」，回應鮑特格另外幾句詩：「聽五月向我傾訴／愛與心的唱和／當我的靈魂轉暗／請用你光輝的一面開解。」舒曼的樂曲在在表現他的文學修養，《聯篇歌曲集》裡的〈詩人之戀〉根據海涅的長詩改編，《女人的愛情與生活》憑藉夏米索的詩歌譜寫，追尋一位女性從少女過渡到妻子、母親、寡婦的心路歷程。鋼琴曲〈蝴蝶〉的靈感由尚·保羅的小說《年少氣盛》觸發，《狂歡節》

附有副題:「根據四個音符作成的情景」,只因為他想到把代表初戀情人故鄉的四個字母「A、S、C、H」轉為「A、降E、C、B」四個音調,舒曼也有俏皮的一面。

　　儘管舒曼躲在書房寫音樂評論和作曲,他也嚮往音樂廳飛揚跋扈的一面,表演前途盡燬,我們可以體會到他的沮喪。舒曼有點像史蒂文生筆下的《化身博士》,晴朗的日子是理智的傑奇博士,陰霾的心情下,突然變成作惡的海德先生。舒曼也懂得為自己的雙重性格定位,似躁狂病的一面取名佛羅倫斯坦(Florestan),謙謙君子的一面即管喚作歐塞布司(Eusebius),為《新音樂雜誌》寫稿時,他交替用這兩個筆名發表文章,甚至把分裂的人格應用到樂曲裡,在《大衛聯盟舞曲》,狂野而先聲奪人的主題屬於外向的佛羅倫斯坦,輕柔深思的樂段卻是內向的歐塞布司再現,卡拉拉練琴時遇上佛羅倫斯坦,可要遭殃。羅伯特在日記裡也經常提到這兩個人物在他內心進行拉鋸戰,一八五四年一個大雨滂沱的日子,他終於抵受不了這種煎熬,驀然走出家門,躍進萊茵河裡,雖然獲救,餘生卻在精神病院渡過。

　　《結婚日記》有這樣一段卡拉拉的記錄:「丈夫去世時的臉容很美,額頭有弓狀的弧線,守在他的遺體旁,我心境寧靜,真希望他也把我帶走,他早已把我全部的愛情帶走了。」舒曼與卡拉拉的婚姻生活,如人飲水冷暖自知,所有猜想,都不過是蜚短流長。

學日語一小冊

陳芳

　　如果經歷過的生活，每若干片段集成一小冊，有好些小冊子，各不相干，未完似完，卻儼然自動塵封了。僅有一些，說不清原因，不經意間，開啟並串連起來，寫下去，再寫下去。學日語的一冊就是這個樣子，老早斷了，似乎塵封了，不意，又抖落了簿面上的塵土，繼續說說寫寫。

　　起初學日語，是台大的選修課，階梯大講堂裡，大概一百名學生，從五十音開始一遍遍牙牙學語。講台上趙玉姬老師說：大聲唸。放心唸。不必害羞，儘管陶醉在自己的聲音裡，別人的錯音，誰都無暇他顧⋯⋯

　　大學用的日語課本，附錄音卡帶，常常用Walkman播聽。這個Walkman老人，早已遁入太虛鴻濛。想來，也用隨聲聽，用心地把卡帶錄下滿腹話語，復把信箋寫下滿心字句，然後投寄給死黨好友。那麼年輕那麼癡騃那麼惘忪一片。踏出校門，進入職門，工作，以至生活，始終與文字交集關切。換作在電郵以及琳瑯滿目的社交媒體下成長，有可能「那麼年輕那麼癡騃那麼惘忪一片」麼？

　　台大日語課採用趙老師編寫的課本。趙老師教課時，不禁提起先生病重，然而回想起與先生攜手留日的光陰，幸福美好努力發奮度過的每一天，笑容又不知不覺在臉上綻露。不管多麼緊蹙的眉心，仍珍藏著甜沁沁的芬香。

　　即使吉川幸次郎大名如雷貫耳，杜詩研究別開生面；即使川端康成、三島由紀夫小說教人愛不釋手，讀了一學年日語，就合上了日語這一冊。

　　二十五年後，一課一課重新學日語。樊浩然先生（日語漢字，老師）說：「謝謝你們堅持學完了五十課。以後可以用日語說任何事情……」如是嘉許著，給兩年共四個學期劃上完整句號。回想起來，方明白為甚麼當時止步不前。學日語，自己脫不開機械操練，詞語、句式反覆無盡的練習，記不牢，還是記不牢，只好又重新記重新學。學習的一副模樣，長得最笨蛋最無助。想比課文爬得遠一點兒，看看日語報紙，認真的連漢字也不估摸過去，一一查明，至少花上一整天。這樣讀過的文章，深深佩服。精練、井井有序。真是增之一分則太長，減之一分則太短。希望直接閱讀日語作品，在過渡時期，實有賴於課本反反覆覆操練。

　　第一學期是黃照興先生教的。他說，從前來學日語的，多數是為了做生意，或者在日資公司工作，現在是喜歡旅行的居多。他教我們開兩本簿子。一本記生字，一本記文法，還提醒我們前面留幾頁作目錄，方便查核。教材的錄音語速快，對初學者有點難，他還特地說明使用哪個軟件可以慢速播聽。黃老師給我最大的教益，是作業批改，原來，日語字母亂寫一通，自己渾不察覺，他按一勾一撇、一長一短的章法仔細批改。

　　一九年九月，做書稿時（《香港文學大系一九五〇——一九六九・歌詞卷》），有李湄主唱的《桃

李爭春》電影歌曲〈賣餛飩〉，內裡竟有一段日文歌詞，特地發電郵，博渡邊新一先生一笑。他回覆說：「我初次看到了，覺得很有意思。網上有幾種〈賣餛飩〉的歌，除李湄唱的〈賣餛飩〉外都沒有日文歌詞。日文歌詞『外は木枯らし寒い風／食べなきゃ身体も冷えちまう』，意思相關聯的漢語歌詞沒有。我很想理解，這句日文歌詞是怎樣地產生的？是不是作詞家易文寫的？」

從主編的〈導言〉了解到，五六十年代，已有日本的音樂人和電影導演在香港工作。這個源頭，大概始於上海孤島解放後，人才南下香港。而李湄因參演歌舞片獲禮聘到日本寶冢劇場參演歌舞劇《香港》，她為百代灌錄的〈賣餛飩〉唱片有日文唱段。

到了做《新詩卷》，讀到戴天的〈石庭〉，靈動閃爍，自然也發給渡邊先生。一七年九月，與韓應飛、霞結伴去京都，他掏出單行紙寫下幾個地名，叮嚀著一定要去龍安寺那！那一天，讓我給十五塊大石都唸一遍詩吧。默默寂寂的石庭，可會起來蹦蹦跳跳？

二一年，做《散文卷》兩冊，其中與日本有關的作品，包括畫家端木清〈浮士繪〉，司馬長風〈日本人的生活藝術——清酒·美人·民歌舞蹈〉、專擅中國美藝術史的林琵琶〈京都隨筆〉、編輯兼書評者黃俊東〈文壇傳奇人物小泉八雲〉，這些五六十年代發表在香港報刊上的文章，不意，都匯入個人的日本導覽冊中。初次東京踏步，步下同時紙聲沙沙，魯迅在上野公園一片櫻海裡，卻怒其不爭哀其不幸，忽看滿清留學生盤在頭頂

的大辮子，遂決意跑到仙台學醫。周作人從街茶水向神保町書店走去。江之島飲酒賞紅葉的是豐子愷（為甚麼是江之島）。蕭紅在「異國」東京，一封封信寫給蕭軍，也時刻引頸期盼回信。中國與日本之間，信箋，文稿，往復還回之途，縣遠悠長。

　　第二個學期起，我才入了樊老師班。有新學生加入，老師請大家都說說為甚麼學日語。有一個理由大大出乎意料之外。一個同學才差兩個，就走遍日本四十七個都道府縣，並且計劃短期內完成！那時候，怎想到武漢封城，繼之，世界各國都實行不同程度的海關限制！

　　日本へ行きたいです（想去日本）。這個句式，真教人苦笑不得。

　　彷彿形勢丕變。經歷了網課、線上考試，繼續學日語。老師要我們在鍵盤上打字，不熟悉，畏難，因此頗有些抗拒，一邊問著促音怎麼打、ずづ同音，後一個怎麼按鍵盤，等等，等等，一邊慢慢摸索操作。最後，老師曉以大義似地說：想想看，比起說，打字是不是也愈來愈普遍使用。在香港學日語，方知道香港人的手機或電腦鍵盤，有日語輸入法的，有一定的人數。

　　第二學期適值一九年尾，鄰桌女同學來如風去如電，她說老師不是「語文科班」出身，唸的是機械，而且唸到研究所，現在教遍香港各個大專日語課程，包括日本文化課程。這同學跳級闖來。疫情愈趨嚴峻莫測，不久，面授課一停數月，恢復網課後，她只留下「驚鴻一瞥」印象。

　　樊老師服裝用品瞧不出產地來源，可是口罩，囤了足夠五年使用的量，他說過都是日本買的。語言含蘊深長之處，嚴實包裹著每個人的生活經歷以至心靈秘密。學習一個對話——甲說：我去市役所。乙說：去市役所時請順道幫我取日語課程單張。老師立即說，市役所（市政府）也為外國人開日語課。他大學逃課，可是市役所的日語課從不缺席。教課的是當地退休教授，課後，還有婦人義工熱心地煮菜做飯，親切款待。可想而知，他每年一度的日本「探親」，目前只能引頸望救。

　　為甚麼日本予人美好印象，愈追索愈加明白。

　　「南朝四百八十寺，多少樓台烟雨中」，不限於京都，在江之島，以至在上野、淺草一帶隨興走走看看，一瞬間迢遙時空回閃撲至。點一個定食，一個個方格小盤子小碟子，顏色圖案形狀布置妥貼，悅目，悅心，悄悄呼喚起唐人飲食畫面的想像。似異國又不似異國，一次一次，意識到甚麼，油然生出親近之情。

　　還遠遠不止於「古典」的嚮往。韓應飛唇邊老是不離一連串芳名，石牟禮道子、梅原猛、瀨戶內寂聽。他說，學好日語，看這些人的著作。日本長壽作者多，而且寫到老，了不起哪……。熱誠的知識人，關懷社會並且發揮影響力，更獨特寶貴的是，都留下傳世著述。確實學日語太晚！石牟禮一八年辭世、接著一九年是梅原，二一年十一月九日，瀨戶內也殞落了。瀨戶內生命的最後兩年，與橫尾忠則連續通信一百一十二通，刊登在《週刊朝日》上。瀨戶內好比是情僧，以情悟空，一奇

也;創作不輟,卓然有成,二奇也。四月九日第八十一回往復書簡,瀨戶內提及:「確踱、確踱、確踱」,清晰聽見自己生命終了的聲音響著。她說,五月,自己滿九十九歲。橫尾比自己小十四歲,也有八十五歲了,八十五歲,多麼有活力啊!

看過瀨戶內的影像,聲音細細高高,永遠像長不大的小女孩,帶著幽默,好奇,笑瞇瞇,參破真相,從從容容,平易近人。我也想這麼活。

韓應飛學日語,也有「故事」。他在內蒙托克托縣讀初三時,聽收音機開始自學日語,後來又跟一個父執輩學了一年。日本侵華時,這位先生在張家口給日軍做過翻譯,經過勞改,晚年當上一所民辦學校校長。

韓應飛北師大碩士畢業後,到了日本,又完成另一個碩士學位,之後在東京幾所大學裡做漢語兼職教師——近三十年來生活漂泊不定,欲說還休,欲說還休。不管怎樣,他驕傲而認真地生活。

豐子愷先生〈我的苦學經驗〉明示學日語如同和尚唸經,必須喃喃操練:選定了完整一冊會話書,每天開一課新的唸。每課第一天唸十遍(以讀字二十二筆劃計算,寫上訁),第二、三天各溫習五遍(分別寫上讀、讀),第四天唸二遍,這篇終於完整寫上一個「讀」字。一直到這冊會話書上每課都寫了讀讀讀讀讀讀……如是這般,豐先生於六十年代譯出《源氏物語》;五九年至六五年間以日語寫信給兒子新枚,鼓勵新枚學日語;先是從書上看見豐先生畫一雙白兔並寫著日語句子的畫,後來在展覽中復看見白兔童謠的手跡:

兔子喲兔子，
你耳朵為何這麼長？
因為吃了琵琶葉，
所以耳朵這麼長。

可愛的小白兔，安安靜靜嚼著琵琶葉，「月上柳梢頭」，善解人意的，小白兔躍到河岸草地上，輕輕陪伴著等待的伊人。

循著日語真切朗朗的音聲腔調，觸探豐先生創作意境，是學日語的溫馨小故事。

最近，渡邊先生說，最喜歡的俳句之一出自加藤楸邨：

木の葉ふり
やまずいそぐな
いそぐなよ

我用翻譯軟件解讀，驢頭不對馬嘴。他復細心說明俳句的念法固然按照五七五字句，可意思上應該理解為：木の葉ふりやまず／いそぐな／いそぐなよ。

「樹葉不止散落，別急，別急呀。」

對我而言，還是寫成童謠最適合：小白兔喲小白兔，樹葉一片片快掉光了，趕快學習吧，趕快學習。

十一月廿四日動筆，廿八日完稿

うさぎよ うさぎ
なぜ そのみゝは
なぜ そんなに ながい
びわのはをたべて
それでみゝが
ながい

日文，大意为：兔子啊，你的耳朵为什么
这样长？是因为吃了枇杷叶子，所以才这样
长。

兎よ兎 お前の耳は
何故そんなに長い
枇杷の葉を食べて
それで耳が長い

日本童謡

錦屏回合護韶光——
一路走來的師友因緣

陳煒舜

　　初中時代，我培養出兩種興趣。其一是舊體詩創作，其二是母校校史研究。1990年，高我兩屆的黃伯康師兄告知，新市鎮文化協會和商務印書館聯合主辦了一個「全港學界律詩創作比賽」，獎金不菲，禮堂外剛張貼出海報，建議我參加。入圍後，到商務在鰂魚涌的總公司參加面試，與何文匯教授、常宗豪教授、黃兆漢教授諸位評判相見歡，確認塗鴉並非「請槍」之作。此後直到大學畢業，陸續參加了幾屆「律詩創作比賽」和公共圖書館主辦的「全港律詩創作比賽」，文匯師一直都是主席評判。剛剛升讀中文大學商學院之際，便去中文系所在的馮景禧樓四樓拜會文匯師（老師翌年才榮升教務長），向他「報到」。此後，與文匯師的往來日漸密切。畢業那年，我決定轉而報考中文系的哲學碩士（M. Phil.）班，也得到老師大力支持與鼓勵。在為學與為人的道路上，文匯師可謂獨一無二的典範。

　　一樣是1990年，母校為120週年校慶印製了一種中英雙語、十六開大小的單刊，名為《傳》（Perpetuation）。英文部份對校史的敘述頗為該備。正是從這本單刊中，我知道了一個校史人物——施玉麒牧師（Canon G. S. Zimmern）。他在1955年至1961年間任職校長，介乎著名的葛賓校長（G. A. Goodban）

和傳奇的郭慎墀校長（S. J. Lowcock）之間，幾乎被人
遺忘。此後，我不時到學校圖書館查閱往期校刊，發現
我們黎澤倫校長的那一屆（1955）校友可謂星光熠熠：
夏永豪先生是聖保羅書院校長，黃兆傑、馮以浤、Jack
Lowcock 等人皆為知名學者（他們又都是施牧時期的學
生）。尤其是黃兆傑先生，在他求學時代的校刊上發表
了許多文字，包括中英文詩歌、散文、論文乃至翻譯作
品等等，才華橫溢。當得悉黃先生也曾在 1960 年代任教
於母校，「余生也晚」之感不禁油然而生。中六那年，
我擔任校刊中文部主編，一方面為施牧策畫紀念專輯，
一方面希望為執教港大的黃兆傑教授安排專訪。最終，
我順利採訪郭慎墀、黎澤倫、陳萬基等諸位師長，撰成
〈思往事，惜流芳：已故校長施玉麒牧師特輯〉，而黃
教授的專訪計劃卻因種種技術原因未能實現。（2001 年，
得悉應屆校刊編輯師弟們終於完成了黃教授專訪，庶稱
寬慰。）

　　文匯師曾對我說：「趁大學還未畢業，趕緊多參加
幾次詩詞比賽的學生組吧！」可我本科課業太繁重，無
論是舊體詩創作抑或校史研究，皆只能告一段落。即使
成為中文系研究生後，這種情況也改變不大：校史研究
固然「不務正業」，即使舊體詩創作這種「綺業」亦未
嘗不對學位論文的撰寫有所妨礙。2003 年博士畢業，適
逢非典肆虐，閒居無俚，於是徵得郭慎墀校長同意，將
他的短篇故事集《七粟集》（Seven Grains of Rice）翻
譯成中文；又再度創作舊體詩，以紓閒愁。同年 10 月，

文匯師指導的一位師姐順利通過博士論文口試，要宴請校外口試委員黃兆傑教授。黃教授早年曾教過文匯師，又是我中學師兄（雖然屆數相隔三十餘年），我遂靦顏作陪，終於首度得見黃教授真身。那時黃教授甫從港大退休，衣著簡易而不失優雅，談吐間流露著和舒風致。記得我用茶壺替他添茗時，他突然笑問：「你是左撇子嗎？」我一愣，才醒覺自己由於座位和角度原因，斟茶權用了左手，而自己完全沒有意識到。（家母是左利手，童年一直遭到長輩糾正，現在只有切菜時左手持刀。我沒有左撇，唯是玩紙牌時右手拿牌、左手出牌。家母曾戲言，我只有這一點像她。）黃教授觀察入微，把我左撇的「隱性基因」從渾淪中點破，使人印象深刻。

2004年春，我前往湖南訪學，至6月返港打點行裝，準備前往台灣佛光大學就職。有天接到一通陌生電話，彼端傳來一位和藹的長輩聲音，說是從中學母校校務處獲得我的手機號。不知何故，那一瞬間我下意識覺得這位長輩就是黃兆傑教授的同班同學馮以浤老師——雖然我從未見過他。對方自我簡介：他真是馮老師！馮老師說，我當年撰寫的〈思往事，惜流芳〉一文流傳到美加校友圈，引起施玉麒校長時期校友的熱烈反響。大家紛紛撰文回憶有關施牧的點滴，如今謀劃結集成書。馮老師作為主編之一，打算納入拙文，故而徵求我首肯。拙文能夠忝列紀念刊中，焉有不允之理？我與馮老師反覆斟酌，重新修訂此文，竟再度激活了自己對校史的興趣。9月，我赴台履新，仍與馮老師保持密切聯繫。2005年

寒假返港，舊生會相邀在聚餐上就施牧生平往事作一次演講，黃教授和馮老師也出席了。散場後，馮老師要我到他家坐一坐，我也因而得識馮老師令闐——著名翻譯學者張曼儀教授。馮老師給我幾冊新鮮出爐的施牧紀念刊，又說母校對該刊非常滿意，與他商討重修校史的可能性，望我日後也一起參與。我雖極有興趣，但自忖遠在台島，留港日子較少，難以投入，於是推薦高我一屆的師兄、剛從牛津回來的新科數學博士方穎聰兄共襄此舉。穎聰慨然允諾，為校史《役己道人》（To Serve and To Lead）的最終付梓貢獻良多。

佛光雖是一所新院校，但龔鵬程校長的辦學理念聚焦於人文與社會科學，又禮賢下士，大量聘用學界耆宿。從新加坡國立大學榮休的楊松年教授見我來自香港，問我是否認識黃兆傑教授，又說自己是黃教授在港大指導的第一位博士（縱使兩人年紀僅相差三歲）。我說只是黃教授的小師弟，與他僅有幾面之緣，且多半在師友聚餐之時。楊老師又問：「你認識馮以浤、何文匯兩位嗎？他們都是我在港大時的好友，馮先生是黃教授的同窗，文匯是我的師弟。」有了共同話題，我與楊老師很快熟絡起來。

2007 年秋，馮老師發來電郵，說黃兆傑教授病重。訊息轉達後，楊老師二話不說便到香港走了一遭。回台後，楊老師對我說：「黃兆傑老師躺在病床上，形容消瘦，已經無法講話了。我握著他的手道：『老師，我來看您了！』我感覺到他的手指動了幾下，他心中應該還

是高興的吧。」這時，我發現平時談笑風生的楊老師，眼角閃過一抹淚光。同年 11 月，黃教授去世。時值學期過半，楊老師和我都無法抽身奔赴喪禮。春節返港向馮老師拜年，馮老師拿出當日追思會單張，讓我轉交一份給楊老師。馮老師說：「我和兆傑從 1948 年成為同學，前後相識六十年。兆傑畢生獻身學術，退休那年六十七歲，已經『超齡』了。但離開學術舞台，也許令他失落，飲酒過量、日夜顛倒的問題日益嚴重，身體也日益虛弱。才七十歲就走了，實在可惜！你們年輕人不要自恃身康體健，無所顧忌啊！」穎聰和我點頭稱是。

2010 年，我從台灣轉回中文大學中文系任職，依然與佛光師友保持聯繫。2013 年，龔校長和楊老師邀我參加新成立的「世界華人民間信仰文化研究中心」，並擔任《華人文化研究》編委。2017 年，我組織了〈示我明鑒：黃兆傑教授十年祭專輯〉，馮老師、楊老師、文匯師等諸位師友皆慷慨賜稿。同年 3 月，穎聰謂在舊書肆偶見黃教授遺著《英譯古文觀止》（An Anthology of Ancient Chinese Prose），皆為倉底存貨；於是我購下全數六冊，分贈母校校史館、馮老師伉儷及其他師友。馮老師說，黃教授生前曾與中文大學出版社洽談出版此書，後因故未能成事。黃教授去世不久，此書由另一所出版社草草付梓，訛誤甚多。且因發行不廣，學界同仁多方求索，畢竟難覓。我聞言不勝感慨，乃草成七律一首曰：

九皋俯首立難群，當日何人不識君。

醉酒穿腸非害道，譯詩叉手盡成文。

諸生論難知三畏，片語機鋒驅萬軍。

倉底遺書新購得，絕憐賸稿免同焚。

至 2018 年 5 月，楊老師路經香港，我也將《英譯古文觀止》奉贈一冊。楊老師盼望與〈示我明鑒〉專輯的各位作者見面，只因事出臨時，難以邀約。文匯師早已答應當晚參加「第二十九屆全港學界律詩創作比賽」頒獎禮，遂囑我將新著《漢唐詩雜說》一冊轉送楊老師。所幸馮老師伉儷特意在北角住所準備了一頓家常晚餐，讓我陪同楊老師前往。席上，大家談起黃兆傑教授遺著出版的情況，作為開山弟子的楊老師對此尤其表現出關心。2020 年夏，馮老師來電，說打算將黃教授遺著《英譯古文觀止》修訂再版，望我協助這項工作。原來馮老師不辭勞苦，先後與原出版社負責人、中大出版社、黃教授家屬及門人聯繫，促成了修訂再版工作的重啟。這個消息委實令人振奮。

近來，馮老師撰成《象棋的沿革：中國與世界》書稿，在我建議下先在《華人文化研究》連載。今年 9 月 30 日傍晚，「第三十二屆全港詩詞創作比賽」頒獎禮在銅鑼灣中央圖書館舉行。我身為最資淺的評判，轉瞬間竟已有兩三年不曾出席，深覺再忙也要敬陪一回末座。由於我平日少去港島，於是臨時起意，想藉此機會先順路探訪馮老師伉儷，送上最新一期的《華人文化研究》

樣刊──我雖收到已久，只是庶務纏身，一直還未轉送。由於臨時聯絡，我本計劃把樣刊放在樓下管理處就離去，但兩位老師還是和藹地留我一道下午茶。因此，我索性隨身帶上曼儀老師舊著《卞之琳選集》，請求題簽。此外，馮老師為我和穎聰所著《女仔館興衰》作序，刊登在《國文天地》，恰好收到樣刊，贈我兩冊。臨行時，曼儀老師興奮地從書房走出來道：「原來今天是 International Translation Day，也是 St. Jerome's Day。而 St. Jerome 是《聖經》的拉丁文翻譯者！」我應聲道：「真是難得的巧合！曼儀老師新譯的佛理詩集又剛剛梓行，實在應景。不如我們來合影紀念吧！」的確，就記憶的建構而言，拍照具有一種無可替代的儀式感。於是我在前往央圖的公車上塗鴉七律曰：

> 日當重譯向昏黃，身在高樓說斷章。
> 舉手一圍風景好，印心百喻辦瓜香。
> 浩倡竽瑟迎神曲，安得屯蒙換骨方。
> 洲蕙阢蘭猶未遠，錦屏回合護韶光。

下車之際，央圖葉館長、許小姐先後致電，問我身在何處，我才陡然發現原來典禮開始時間已迫在眉睫（唉，如果改乘地鐵就好了）。進入會場，各位評判和獲獎者皆已就座，讓我大為汗顏。散會之際，文匯師對我說：「曼儀教授是我老師輩，馮先生也是舊識。多年來，我雖時時在不同場合與兩位偶遇，卻從未聚餐過。你來聯絡一

下，我們四人好好敘敘舊吧！」

　　10月28日，文匯師與我先行會合，到馮老師家中稍坐，再由文匯師駕車至灣仔六國飯店共晉晚餐。負責接待的服務生笑道：「何教授、馮生馮太，想不到各位今晚一道吃飯啊！」幾位老師都是常客，僅就我個人而言，分別隨侍文匯師與馮老師伉儷前來聚餐也遠不止一次。但三位老師共同進餐，連服務生都覺得是稀罕事，足見因緣之難得。席上，幾位老師談到許多故人故事，聽來有熟悉的，也有陌生的，卻都一樣令我感到昔日的溫度。得悉黃教授《英譯古文觀止》修訂再版工作的詳情，文匯師十分欣喜，也感佩於馮老師深厚的同窗情誼。

　　翌日，我將聚餐合影分享給楊老師，楊老師回訊道：「真好！可惜中間少了一人。」收到這段訊息，我倒不知道怎麼回覆了——少的那人是誰呢？我不願加深楊老師的感懷，於是留言道：「但願老師好好保重身體，疫情過後，《英譯古文觀止》修訂版發行之日，我們便能在香港歡聚一堂了！」

2021.11.19

繡球花

游欣妮

　　我偏愛繡球花，因為覺得它長得好看、色彩多樣、斑斕而豐富，未開的花蕾堆在一起像小圓球，花瓣簇擁盛開時像大圓球，深綠色的葉子有鋸齒，葉脈清晰，大塊大塊的綠葉襯托著圓滾滾的花球，討人歡喜。我喜歡圓。圓予人圓滿的感覺。

　　繡球花花期近春季至春夏交接，有說它開花時花瓣互相依靠，就像家人之間彼此靠倚，所以它的花語順理成章是「希望、美滿、團聚」。

　　有次難得忙裡偷閒與友伴到公園散步，時值早春，我處處張望，試圖尋找初開繡球的蹤跡。友人曉得我愛賞花，但未必知道我鍾情繡球，閒聊間問及我喜愛哪種花呢？我這才知道原來友伴認不出何謂繡球花。於是，在我們邊閒晃邊閒聊間，每當遇到長得較渾圓的小花，友人都立刻拉我去瞧瞧，在橙紅龍船花被錯認幾回之後，我們才終於幸運遇上幾株半開的粉紫色繡球。鍥而不捨的追逐之後終能得償所願，叫我們格外興奮，連本來並不特別愛花、惜花的同伴都雀躍得連連拍照。

　　到了第二次散步，已事隔一月有餘，而且是接連傾灑滂沱大雨之後的日子。這次才剛起步，友人已明言要尋繡球的影子，比我更積極、熱切。這次龍船花被錯認的次數大幅減少，我們在偌大的公園裡輕鬆漫步的時候亦幸運地尋得十來二十株粉紫、淺藍、紫藍、青藍色的，

盛開的繡球花，可惜有大約一半已然凋零，花瓣染上了薄薄的、淡淡的枯萎的泥啡色，我們都想，或許已錯過了它盛放的時光了。花開花謝自有定數，我們都想起那年境外考察，不過一夜，那開得燦爛的，特別罕見的小花已全數凋落，銷聲匿跡，彷彿從未出現過。

「到花店買繡球花的話會不會同樣很快凋萎呢？」我不知道。我記掛的只有繡球花那花語——「希望、美滿、團聚」，多麼動人的意思，也是我一生重視的信念和追求。我深信假使失去「希望」，人生必枯槁沉鬱，而「美滿、團聚」正正與我祈求家庭、關係美滿及時刻與生命中重要的人團聚的期盼不謀而合，無論從外形到深層寓意都深得我心，試問我怎能不偏愛繡球花呢？

味道

紫砂

味道是一種很玄的東西。

五感之中，唯獨它不是由一個單一感官所產生出來的感覺。看這俗世的絢爛醜陋，我們用的是眼睛；聽這塵世的天籟靡音，我們用的是耳朵；感受這世態的炎涼冷暖，我們用的是肌膚；訴說這人生的悲歡離合，我們用的是舌頭；唯獨味道，結合了鼻腔裡的馥郁腥腐及舌尖上的酸甜苦辣，創造出接近無限的可能性，如果再將之配以全世界不同的人，那即便是愛因斯坦也不得不同意「上帝在擲骰子」了。

不幸的是，正因為上帝把每個人的鼻子和舌頭都造得不太一樣，故此每個人感受到的味道也不盡相同。縱使是相同環境下吃相同的東西，你的甘大概不等於我的甜；你的苦卻又不等於我的澀；你的「三小辣米線」對我來說可能已經是一碗「地獄拉麵」。甲之蜜糖，乙之砒霜。在味道跟前，再華麗的詞藻也顯得空泛、再仔細的形容亦無非是徒勞。我們不需建造一座巴別塔便已經陷入了不能溝通的恐慌之中，因為我們難以表達自身，也因為我們無法理解他人。

但換一個角度來看，這也未嘗不是一件好事。因為我們可以從接近無限的組合中尋找到專屬自己的味道，烙下無法取代的回憶。誠如那一年的二月十四，那個羞怯的男生垂下頭掰了半個漢堡包給你，你吃了一口海風

的鹹，然後搶過他的可樂淺呷了一下——往後的每個二月十四，即使你喝盡天下最昂貴珍稀的氣泡酒，卻再也沒嚐到過那夜那地那種浮著氣泡的曖昧甜味；又如某一年的八月十五，你第一次形單隻影的吃著兒時最愛的雙黃白蓮蓉月餅，或許是空氣中缺了那燃燒蠟燭的味道吧？你發現蓮蓉的甜怎麼也蓋不掉眼淚的鹹，還有心中的苦——自此以後，每年中秋，你都把買來的雙黃白蓮蓉月餅放到父母的墳前供奉，自己卻再也沒有吃過一口；又如你最後一次過的那個生日，醫生破例恩准把你從醫院中那些清寡淡薄的飯菜中解放出來，年輕的護士小姐給你買了一塊小小的草莓蛋糕，你好不容易輕輕咬了一口，艱難地和著消毒藥水的氣味把那味如嚼蠟的小東西囫圇吞進你那無法承受的胃部之中，朦朧中過往百般的滋味漸漸湧上你的心頭，你赫然發現，驀然回首，昔日的貪嗔癡愛恨惡欲通通化為同一種味道——溫暖的回甘，伴隨著你沉沉入睡。

　　人生的味道往往都不由得我們去選擇，但每一道的味道都是一個時空的記憶，是構成「我」之所以為「我」的要素。最美麗的風景我看過了，但風景不是屬於我的；最動聽的天籟我聽過了，但那不是我演奏出來的；世間的炎涼冷暖我全都感受過了，但那不過是上帝操控的空調……唯獨味道，是專屬於我的記憶，是我獨有的一道秘方，是我曾經在這世界來過又去過的證明——我品嚐過人生中的辣甜鹹苦酸澀腥沖，故我存在。

劍蘭

黃秀蓮

冷豔二字，劍蘭最當得上；年花爭發，姹紫嫣紅，各有風姿，唯劍蘭有此氣質。

劍蘭高佻，碩人頎頎，高可四呎，自有凌越一眾小花之氣勢；其莖葉同色，新翠輕綠，形態如劍，嶺南人便把這學名本是唐菖蒲之花，名之為劍蘭。劍蘭莖葉，直而修偉，莖尤其挺拔，筆直如劍，英氣迫人，其直徑略粗於指頭，飽蓄水份，顯得富足堅實，分明是草本切花，剛健卻不亞於瘦硬的木本花卉，其葉亦修長如劍，末端兩側漸漸尖削，如劍尖守衛著藏於葉叢中的嬌蕊。

然而於花卉而言，鋒芒與劍氣，不足以動人，劍蘭幸而另有動人之處，不如此，又怎能名列「世界四大切花」？又怎會有「切花之魁」的美譽？劍蘭的莖，有些一柱擎天，亦有不少在頂部忽而以銳角轉折，形成獨特線條，直中有欹，形態多姿，破了單調呆板的調兒。再者，劍蘭從含苞而盛放，別有美態。穗狀花序的花，一左一右，先是在全綠的基部露出一點兒顏色，或大紅如兒時的利是封，或香檳色，或橘黃，或純白；其花，上下各三瓣，質薄如絹，吹彈得破，瓣中有蕊。綻開之際，約十朵花，從底開始綻放，其勢不竭，從低而高，一路向高處向巔峰開花，開到頂端，奮發向前，迎難而上的銳氣，由劍底直透劍尖。

劍蘭於西式插花中，常用作勾勒整盤花的形狀，雍

容優雅；於中式花瓶中，亦可布置成三百六十度圓形，色豔者更有吉慶滿堂的氣氛。其實，劍蘭直插斜插橫插皆宜，高高低低也好看，疏密相間亦佳，不過，無論怎麼插，劍蘭總因其傲骨其高拔，常處於一盤花的最高點。

　　近日從花攤買了大束劍蘭，回家後方發現有一支殊色，竟在莖的中部突而拗腰，橫斜而出，異於常態，而色正巧是驚紅，硬朗卻又婀娜；此花，冷豔無匹，十足是胡金銓鏡頭下的上官靈鳳與徐楓。

想起一個小女孩

潘步釗

　　辦公室牆上掛著一幅畫。

　　淡淡的水彩，構圖簡單，白雲在藍天下舒捲，啡褐的山坡鋪滿秋冬的衰草，泛著漫山遍野的枯颯，看去透出濃濃的秋意。山坡上，一個穿著綠色衣帽小女孩蹲下身來，懷中抱擁著一隻白毛黑耳鼻眼的小羊。小女孩烏黑的短髮，不規則地披覆在前額，閉上雙眼，像入睡，也像沉思。彷彿自己和小羊相擁相偎之外，一切都不需要理會。構圖和內容，令人想起經典卡通片《飄零燕》，阿爾卑斯上的善良女孩海迪，可是畫框內外都令人感到，沒有「爺爺」，沒有彼得，只有小羊。

　　一個小女孩中學畢業前送給我留念。

　　或者這只是一張充滿童心的圖畫，畫功也只能是中學生——當然是優秀中學生水平的作品，不知為甚麼，我只感到畫紙上滿泛寧謐恬靜，也暗暗抹染淡淡的孤獨。前線教學時放在家中的書房，到當上校長，有了自己的辦公室，便一直掛在朝向門口的牆上壁報板，壁報板上還釘著色項駁雜的種種，大部份是學年內的通告指引和資料文件。這種不相稱的夾雜，令它份外矚目，站在校長室外，遠遠都可以看見。

　　她是我擔任初中班主任時的班長。

　　到預科時，她在我的中國文學班。雖然不見得特別喜歡文學，但聰明，反應快，字體和眉目一樣鮮明淨朗，

一直很受同學和老師歡迎。她自小喜歡畫畫，因為一手好畫功，經常受到老師們賞識，是學生中的大忙人。中二時為我當導師的學生文集設計封面，畫了一隻熊貓，把黑眼圈故意畫得又深又大，交給我時，做個鬼臉，笑嘻嘻地跟我說：「潘Sir，我照著你的樣子畫的！」我未來得及回話，她已經箭一樣溜出教員室，笑聲，早飄在數米之外。

小女孩愛笑愛說話，是班中的軸心人物。

班長主席等職位集滿一身，對老師和同學，都有一種天生的凝聚力量，我們一直都在分享她歡笑跑跳時，鮮明勾起的梨渦和閃躍的雙眸。我深刻知道小女孩原來並不快樂，是在一次週記的情感往還中。批改週記是當班主任常規任務，你會碰到同學不少馬虎回應的「應制」文字，也偶然可以窺見到學生的心靈暗處。小女孩精靈乖巧，我一向疼錫，但她很少跟我談到家事。不料一次週記，寫出了自己的寂寞，還附上一張父母離棄子女在街上的新聞剪報，剪報斜斜落落，不成規則形狀，想像剪報的人，一定是邊剪邊流著眼淚，手應該在顫抖，在旁寫了斗大的一行字：「單親孩子的孤獨，其他人不會明白！」

她是單親孩子，我一直知道；她原來很介意，我不知道。

天真的笑臉很多時藏著無限傷心和孤獨，是我數十年教學生涯中，印象很深的學生，而且一直給我重要的提醒。生命中的痛苦，總有自己面對和承受的部份，誰

也不能取代，即使你是父母老師；又或者千山萬水，最後只能隱隱掩映在歡欣的笑臉背後。至於所謂的師生關係，在悲喜聚散的校園中，有時順逆落差，亂生斑駁，不是一來，然後一往，這樣簡單的交流回饋。

預科畢業前她送我這幅畫，我猜她仍然願意和疼愛自己的老師表達心底的情感，收到這學生禮物的二十多年後，知道當年的小女孩，早已成長，也學成且移民海外，但師生的互動，為人師的只能知守與執著，有道則現無道則隱。無聊午後，想起一個小女孩，心聲如雷。人間的一切細訴和遠近，自有因緣，我了然，特別我仍忝為人患，而且是在這師道倫理如此顛簸的年代！

「飲」兩寫

潘金英、潘明珠

飲茶：飲茶最宜談文說藝心情好　　文：潘金英

　　大家都喝過茶葉茶吧！中國是最早發現茶葉的國家，因而中國飲茶的歷史悠久，凡是有中國人的地方就有茶。

　　中國茶葉品種繁多：武夷山崖茶、安溪茶葉、福建烏龍、天津大葉、西湖龍井、六安瓜片、四川沱茶、雲南普洱、洞庭湖君山茶等；無論黑茶、綠茶，都數不勝數。碧螺春、鐵觀音等名茶，你嚐過未？人無貴賤，誰都有幸喝茶，上焉者細啜名種，下焉者牛飲茶湯；北人早起，路上相逢，輒問訊「喝茶未？」

　　茶最解渴，是開門七件事之一，乃生活必需品。茶被譽為「中國國飲」，自有其道理。

　　我生活少有閒情逸致，雖然對茶沒啥研究，但我知道茶是好東西，愛喝茶，尤其普洱茶。淡淡生活平常心，正好喝茶；心情好，可從容不迫喝茶；如果我心情不好，我不喝酒、不喝咖啡，我喝茶，細斟慢飲，漸平復心情。上午飲茶，神清氣爽，下班後泡一杯茶，可以讓疲憊慢慢沉澱，晚上飲茶，溫馨心靜。雨天喝茶好，窗外雨聲淅淅瀝瀝，甚麼也不幹，喝茶，漸「品」出美好茶韻。

　　早前疫情下不能上茶樓，老媽只好家中品茶：她把幾撮茶葉放入杯中，注入熱氣騰騰的開水，低頭細看杯中：茶葉在水中不停地旋，好似開出了一朵朵翠綠的飛

花。不一會，原先蜷曲著的茶葉，經水浸泡變得圓潤起來。不覺間，那滾燙透明的開水，變成了一汪翠綠的茶，茶香濃鬱，繚繞上空，令人陶醉。

我喜歡普洱茶，特別愛它含芳香，不苦不澀，飲後回甘，還很去油膩，似有良藥功效；我們肚腹本來就有油，普洱茶最好來當清道夫了。

生活中，不僅我一人，丈夫、我老媽和親家老爺、奶奶，全都喜歡普洱。我丈夫把雲南的陳年普洱茶，送給女兒的老爺，兩男談茶投機，交流暢快。普洱和其他綠茶很不同，特別耐放，很多綠茶儲存久了就變質，發霉發黴，但普洱被譽為是可喝的古董，因它有效期超長，像儲藏酒一樣，愈久愈醇香。熱水沖下的普洱，那種深濃的紅黑色澤，簡直是茶種裡的異類；被壓縮製成餅裝的雲南普洱茶，更是名聞遐邇，按年份論身價（愈久愈好），這種雲南七子茶餅可謂古董，歷史悠久，可追溯到周武王時期，可以藏，更可喝；喝時用專門配備的一套尖利嘴工具來戳開它，弄成碎小塊。喝普洱茶被證實有益心臟，有助心血管道暢通，可降低患冠心病的風險，讚！難怪普洱茶常被炒熱了。

詩人談天，君子論文，談文說藝，何不以茶代酒？

茶葉有平有貴，最重要是茶友投契，因為來者不斷何人，如沏一壺茶同喝，互訴英雄所見，同道中人話題談個不完，喝了一壺，再來再沏新一壺茶，茶飲，更是美好時光，似春花秋月，人間小確幸，茶香飄散四方心情寬！

飲酒：飲醉於青春多夢的日子　　文：潘明珠

偶爾，夢中會回到那些青春多夢的日子。

昔日青蔥年少，那年我在日本留學，為了保持獲取獎學金的成績要求，特意選修以英文修讀的科目，心裡以為那容易過關；記得那是由一位從英國來東京教書的教授講的課，他的課講的甚有趣，但一起修讀的日本同窗，常向我投訴說，聽不懂教授的英文，可能他們比較聽慣美國口音的英文。

有一次，教授講亞里士多德和蘇格拉底的邏輯理論，他舉例子時，從手提袋中取出三罐札幌啤酒，台下那些本來因炎炎夏日正感覺有點昏然欲睡的學生，忽地眼前一亮！

教授還邀請了我、美奈及麻理子共三個同學出來，他說：「假設這裡是個酒吧，而你們三位是具邏輯思維的客人，我作為侍應問：請問是否全部都要啤酒呀？你會怎樣答？」教授先指著美奈問，也許因大家都猜不到教授究竟甚麼葫蘆賣甚麼藥，美奈皺一下眉頭，頓一頓說不知道。

輪到麻理子，慣性的吧，她跟著說不知道。

然後，我輕輕觸摸一下札幌啤酒冰凍的罐子，想像把它喝下去有多爽涼啊！我便毫不猶豫地說：是，我們都要啤酒！

答得好！教授說，這三個同學都有用邏輯思維，思考過後才回答的。

那天下課後，我都忘了教授是怎樣分析我們的邏輯

和推測心理，但我和美奈心裡想喝啤酒的意欲，卻像多條小蛇般左右纏繞著心頭，令我們無法安寧！因為教授下課前已把啤酒收起來，不賞給我們，我們都暗地怪責教授太吝嗇。

在日本，超過二十歲（即成人式之後）才可以喝酒，超市或便利店的員工都不會賣酒給年輕人，我們只有望酒而嘆！但美國留學生卻不管甚麼日本規定，他們常買啤酒，甚至日本清酒回來，偷偷在宿舍喝。青春的叛逆心，躍躍欲試，我們拜託嘉芙蓮替我們把啤酒買回來，二人躲在房內圍爐對飲，談男孩，談電影，談夢想，談思鄉情懷，一個晚上喝得昏朦朦的似在夢中。

記得那年暑假，我和嘉芙蓮等美國留學生一起到九州大崎市，參加當地家庭住宿體驗計劃，也許當時比較少有金髮碧眼的留學生到來，大崎市人對外國人特別款待，我這個東方學生和嘉芙蓮也一起「叨光」，受到明星式的歡迎和招待。大崎市鄉土人情味濃，我們到訪果園，拉麵屋，甚至超市，沿途都有很多路人或陌生人向我們打招呼，予人熱情而親切的感覺。後來西鐵日本新聞的報紙，還刊登了嘉芙蓮穿著和服的照片，非常隆重其事哩。

而我，寄住在一位姓赤田之獸醫的家庭，此體驗計劃原意讓我們留學生要融入當地家庭，變成家庭的一份子，可感受到家的溫暖感覺。但醫生太太很客氣，家務都不讓我做，早午晚三餐都安排得很豐富。第一晚的晚餐，幾個家庭共聚，有魚生、壽喜燒、燒魚等美食上桌，

獸醫赤田先生完成了一天工作，為鬆弛工作壓力，高興喝清酒；他邀我和其他留學生一起飲，嘉芙蓮笑著舉杯，且連飲幾杯，頻說「奧以絲兒」（美味之意），但臉蛋都紅了。在此氣氛下，我似乎想推卻不飲酒也難，醫生太太忽然很明察，竟開口幫我說：她未夠二十歲吧，放過她！

我連連點頭鞠躬，赤田先生便哈哈笑說要我唱歌代酒。幸好我早有準備，練習了日本人愛聽的鄧麗君名曲，結果還得了不少掌聲。

第二天，醫生太太請我喝青梅酒，我喝一口，感微酸但清新可口，她說那是自家製，年輕人喝一些對身體很好。

大學畢業那年，美奈二十歲了，宿舍很多同學回家過年，美奈望向校園小山丘上的梅樹，一顆顆青梅圓潤飽滿，晶瑩欲滴，她便說要送我畢業禮物，隨即提了籃子，一口氣跑到山丘，我也跟著跑過去，原來她要摘梅子，製青梅酒！校園四周無人，清靜空曠，只有幾隻長尾鳥兒在枝頭輕唱，而我們兩個不知天高地厚的女子，摘了一籃子青梅，雪呼呼的為一雙冰冷的手呵氣。

「明年，我們在東京再見，一起喝這瓶青梅酒！」美奈煞有介事的說，並把青梅酒的瓶蓋封好。

但畢業之後，我雖然進入了日系的時裝大企業，還竟被派返香港去開店！投身時裝買賣合約及翻譯等工作，忙忙碌碌又一年，不察覺沒記起相約美奈喝酒呢。甚麼時候可以聚舊對飲呢？

　　我在日本公司工作，終學會了不同方法來喝清酒，夏暑時放在有隔的冰壺，用冰鎮方式令清酒冰冷入喉，爽涼清新，精神一振；在寒天時溫熱來喝，暖和入心；那時在日系大公司服務，我身為上司的專任翻譯，常要陪同上司晚宴，為應付「乾杯」之要求，我已把自己練得有一定之酒量，喝酒也懂分寸了。許多場合，都是上司先醉，我要召計程車送他回府哩。

　　這麼多年商管工作營營役役，有時拖著疲乏軀體，夜闌人靜，想起職場上所受的委屈，無從申訴，不可言喻，便仿照李白，一樽清酒對月，把抑鬱咕嚕一口「呑みこむ」呑飲而下了。

　　但酒入愁腸，不可多喝。人長大了，回頭看望過往那些青春多夢的日子，真迷人有勁，心想甚麼時候可以重聚舊友對飲呢？

　　也許我們對飲而醉的不是酒，是青春的夢，我漸漸明白，因為有追夢的能量，我們才愛一飲而醉。

說「品」

蔡益懷

　　人生是一本大書，生活的藝術也是一個大課題。對此，我們可以從很多的角度，如哲學的、宗教的、社會的等等，來展開宏篇大論的探討。不過，我倒是更願意用一個「品」字，來說說我的一點淺見。

　　品，意味著品味與品位。

　　人生這門課的主旨，說底就是品味生活、品味人生，做個有品又有品位的人。

　　「品」字三個口，按《說文解字》的解釋，原意是「眾庶」，即多的意思，不過隨著社會的發展，涵意也在不斷擴大。如作為名詞用時，有品類、等級（上品、下品、極品）、德行（人品、品行、品格）的意思；作為動詞用時，則有評判、衡量的意涵，如品度、品藻、品評等。

　　品，兼具格調（style）、品嘗（taste）的內涵，蘊含了強大的表述功能，是我們言說生活藝術的極佳原點。更何況「品味」還隱含著一種品鑒的能力、審美認知的趣旨，具有一種引領潮流風尚的無形影響力。

　　國學大師錢穆先生對「品與味」有精到的論述，他說，「中國人最重『品』，人有人品，物亦稱物品，乃就其人與物之價值意義而加以衡量評判，以定其高下，斯謂之『品』。」此言非虛，中國人的生活態度、價值意識，為人處世的原則與觀念，都在一個「品」字上，論人重品，論事、論物也都講品。以此相應的就是人情

味，體現人之品格、德性的生命情態。

「品味」二字涵蓋了我們生活的方方面面，自然也就成為我們言說生活藝術的關鍵詞。

具體來說，可以循三個方面展開論說：品人、品吃、品物。

品人，就是對人物的品鑒、品度。此課程的一大範疇是人物的書寫，專訪或傳記。為誰立傳，怎樣品說，是擺在我們面前的一大課題。有意義的寫作從來不是錦上添花，更不是歌功頌德。我們採寫甚麼人物，肯定是被人物的某種人格特質所吸引，記述人物的經歷、事跡，揭示「人格進退之次第」、「進退之動力」。人分九品，有君子、小人之辨，又有善惡之別。人物的品鑒不在於地位高下、財富的多寡，而在於品行的高下。太史公寫史傳，既為帝王將相立傳，也為「殘忍好殺」的遊俠張目，正在於重忠義氣節。他的〈遊俠列傳〉為遊俠正名、抱打不平，就是一個明證。須知，布衣之俠、閭巷之俠在當時的社會環境並不是甚麼體面的人物，相反有「以武犯禁」（韓非語）的惡評。司馬遷為朱家、郭解之類的布衣之俠立傳，讓他們名例名乘，弘揚的是一種「言必信，行必果，信守承諾，扶危救困」的俠義人格。班固批評司馬遷，「是非頗謬於聖人，論大道則先黃老而後六經，序遊俠則退處士而進奸雄，述貨殖崇勢利而羞賤貧」，從今日的眼光來看，何異於一種肯定？從太史公那裡，我們可以繼承的是一種是其是、非其非，「不虛美、不隱惡」的寫作精神與態度。

　　品吃，品的是美食佳餚，也是人間情誼與文化。常言道，食有三品：上品會吃，中品好吃，下品能吃。過去，人們將能吃也好吃之人稱為老饕，現在則稱為「吃貨」。能吃會品，上品之上者則為美食家。歷史上，許多人的名人都是「識飲識食」的食家，蘇東坡、袁枚、李漁、張大千、梁實秋，以及法國的大文豪大仲馬等等。飲食在一些人看來或許是「小道」，而事實上，絕非如此，食物之中大有學問。張大千以畫名世，也是一個「愛吃」、「懂吃」之人，他將吃與藝術聯繫在一起，認為「吃是人生最高藝術」，曾教導弟子說：「一個人如果連美食都不懂得欣賞，他又哪裡能學好藝術呢？」可想，吃也可以達到一種藝術境界。

　　法國十八世紀的傳奇政治家布里亞·薩瓦蘭（Jean Anthelme Brillat- Savarin），是有名的「食神」，其傳世的經典之作《廚房裡的哲學家》，以機智、幽默的風格談美食，賦予食以「文化」的意義。在他看來，「與發現一顆新星相比，發現一款新菜餚對於人類的幸福更有好處」；「人最大的樂趣就是吃。吃既是原因，也是目的，也是结果」。他又說，「動物吃食，人吃飯，唯獨有格調的人才知道去品味。」薩瓦蘭的美食主義將「品吃」的境界發展到了極致。

　　品物，指的是張開眼睛看世界、欣賞天地萬物。在中國人的字典裡，「物」不是僅指客觀存在的物體（object），還指「我」之外的外在環境。「不以物喜，不以己悲」中的「物」，就是相對於「我」之外的外在

環境、外物。人們常說的「物我兩忘」、「待人接物」、「超然物外」，其中的「物」都是從這個涵意來講的。人生，是一條單程路，生命的旅程何其匆匆，如何認識自我與外在世界，如何處理「物我」關係，是人生的一大課題，必做的功課。盧梭（Jean-Jacques Rousseau）說：「人生而自由，卻無往不在枷鎖中」，何嘗不是呢？試想，我活得自由嗎？對於芸芸眾生來說，不是要麼困於自我的迷障，就是為外在物慾所困嗎？話說乾隆遊江南，登高觀海，看見海上數百船舶張帆往來，就問左右「那幾百條船到哪裡去」，一個隨從說「我看見只有兩條船」，皇帝不解地問「怎樣說」，隨行說「老天爺，實在只有兩條船，一條叫名，一條叫利」，乾隆聽後點頭稱善。被名利色權所囚禁的人，都活得又苦又累，其中可能也包括了你我。這如何是好？陶潛說「寓形宇內復幾時，曷不委心任去留」，這是一個懂得抽身而退的人，自己找的一條出路。其實，我們每一個人都可以為自己找到一條自我釋放的路，那就是走向自然，品物。早前網上流傳一句話，「世界那麼大，我想去看看」，不知觸動了多少人的心弦。這是一位女老師的辭職留言，說來就是為了給自己一個機會，走出舒適圈，走向陌生的地方，這一方面是透氣、充電，另一方面也是在找自我。

西班牙作家桑塔耶納在論說旅行的哲理時說，「人需要時不時到自然中獨處、在閒散的生活中躲避幾日」，此語言之極是。旅行，走向自然，與草木為友、與土地相親，是我們生活及至生命中，不可或缺的一環。旅行，

不是簡單的觀光，而是與文化相遇，與山川自然對話，還是讓我們自我形塑、找到自我的路徑。這也就是品物的道理。

言說到此，我想已把自己對人生諸課題的看法說清楚了，全部的要旨就在一個「品」字上，品人、品吃、品物。在品的基礎上，努力做個有品有味的人而已。

九叔、咖啡，以及他的一段感情

蕭欣浩

　　每過一段時間，我就會想起九叔。第一次遇到九叔，是因為探訪服務，我們師生一行人到錦田的院舍，希望通過探訪和傾談，關心長者，了解過去的香港與人事。被訪的幾位長輩，各有風格，連繫住獨特的經歷，段段都叫人難忘，九叔的故事就是其中之一。九叔是養子，後父後母改換了他的姓名，因家中已有八位小孩，所以取名為「九」。九叔沒有多談兒時日子，是忘記了，還是不想多談，我們不得而知，只知道當時七十多歲的九叔，父母都已去世，沒有親戚來訪，閒時只有朋友來找他聚聚。

　　九叔喜歡飲咖啡，說年輕時會沖咖啡慢慢品嚐。現時年紀大了，咖啡癮依然不減，不過限於院舍生活，或者也限於經濟狀況，只好間中飲飲罐裝咖啡。九叔是我們口中所說的「斯文人」，平時交談的情感起伏不大，但飲咖啡、談飲食的時候，嘴角都會忍不住上揚。看見九叔靦腆的笑，能夠肯定飲食帶給他的，一定是美好的回憶。九叔回憶自己年輕時，在馬會的餐廳當過雜工，我問他有煮過些甚麼，他印象最深的是煮過鮑魚，我再追問他有沒有試過「打貓」偷食，他用手掩住嘴偷偷笑了。這是他笑得最厲害的一次。

　　我們去探望九叔，都會帶幾罐咖啡去，他每次都拿錢出來，說不好要我們破費。我們也總會說，買咖啡的

花費其實不多，當作是我們的心意，希望他飲得開心。九叔的手指不太能用力，自己很難打開咖啡。我們後來學懂應對，在探訪時趕緊問他，要不要飲咖啡，九叔每次都點頭。將打開的咖啡遞給九叔，他輕嚐兩口之後，都會流露享受帶著回憶的神情。一段時間過後，九叔說，自己飲用的液體要開始加入凝固粉，然後叫我們推他到院舍外的空地。我們慣常問他要飲咖啡嗎？他依舊點頭，遞給他時問他要加凝固粉嗎？他舉起手已經在飲，愉快得跟往常一樣。

咖啡以外，學生不忌諱問起他的感情事，單身的九叔都一一回答，我們將零碎片段拼湊完整，重現出他的愛情故事。九叔談到有段時間，因為想多賺點錢，加上自己隻身一人，沒有家庭負擔，應聘到澳州「拉萊島」打工。這個島的確實位置，我們一直沒有找到，可能是譯音不同的原因，聽九叔說是個很遠、有待開發的地方，他到埗後食住都在島上，主要工作是起屋髹油、當當雜工。島上的工人來自不同地方，日間工作過後，大家會一同煮食、玩樂，有些會圍住營火跳舞，有些會釣魚看海，生活就這樣日復一日過去。

九叔向來比較害羞，有次在朋友的慫恿下，參加營火會活動，在跳舞的時候認識到一位女孩。日積月累之下，兩人漸漸熟悉起來，有時會跳舞，有時只是坐在海邊，欣賞海浪和星空。言語間，我感受到九叔年輕時浪漫的一面，同時發現他內向的性格始終如一。我們師生單純得以為，感情定會有開花的時候，但現實終究是現

實，不一定如人所願。女孩原來是島主的女兒，九叔知道後，礙於自己的身分，不敢將關係推進一步。女孩跟著九叔的節奏，也沒有進退的考慮，就這樣維持一種同步而定距的關係，像一對不會情感逾越的舞伴。

　　傾談期間，九叔逐漸回想起當時，數十個年頭過後，腦海仍能記起，心中仍會惦念，這些異地人事的重要，顯然已經在言語之外。有日女生在營火會時，將紙條遞給九叔，然後悄然離開。紙條寫著，希望凌晨能於海邊一聚，因為明天女孩就要坐船離開。九叔應邀赴約，後續的事他沒有多談。學生因好奇打開了愛情話題，當下也沒有作聲，我也跟著沉默。說罷最後相聚的片段，九叔看著遠方，眼角泛起一點閃光，對九叔來說，這種流露可能已是感情最深的一次展現。我彷彿從九叔的眼中看到無奈，看到歡樂，看到無法言喻的情感。記憶足夠讓人回味，箇中甘苦，唯有主角能反覆細嚐，變成濡養同時又會刺痛生命的相冊。九叔回過神，飲了口手中的咖啡，學生接著問了一句，之後有沒有再認識女孩？九叔搖搖頭，又再次望向了遠方。

人生與茶

謝越芳

人生像一杯茶，茶熱茶涼，茶苦茶澀，都是人生的真實況味。

在喧嘩的世界裡，慢慢品茶讓我們的心靈寧靜。

茶葉分紅茶，綠茶。分寒性，熱性及平性。偏寒體質的胃適合紅茶，偏體燥胃熱適合綠茶，中性體質的比較隨意，寒熱性的茶都能接受。人生的境遇亦分順境，逆境和風平浪靜。彷彿有異曲同工之處。

年輕歲月算人生第一杯茶，往往追求濃烈高溫刺激。但是，現實還是要慢慢地品它的茶香茶味。因為，茶溫太高，無法隨著性子來，必須一口一口的喝。現實生活教會年輕人，性急的青春萌動快速，只會燙傷自己。說白了就是知道和開悟人生之路並不平坦和隨心所欲，現實不會心想事成。人生的磨難才是成功的基石。

人到中年是歲月的第二杯茶。人生經歷了生活，懂得了現實生活不易。知道濃淡適中，才能品出最正宗的茶味。也不再追求華麗和芬芳，刺激與耀眼。明白了淡泊的味道，就像揭開了人生那層似有若無的朦朧。現實是明明白白的，任何虛幻的期待都是海市蜃樓！

人到暮年是歲月的第三杯茶。也是人生心底最清澈的茶。懂得了風輕雲淡的生活，懂得了放下，更懂得了釋然。一心輕鬆行走，滿懷慈悲待世。心境恍如又回到了簡單天真的孩提童年……更確切地說：人生到了這個年紀，算是輕舟已過萬重山，面對生活的種種春、夏、

秋、冬，快樂悲傷早已參透。這是跌蕩之後的平靜，是經歷許多衝撞和曲折之後的超然。當人生進入此境界，一杯茶，一本書，一抹陽光，生命便在恬淡中悠悠地舒展開來……

清淺流年，寂靜喜歡。茶的魅力，在於它的平淡溫和及長情，它可以陪伴人生走完漫長的道路，去欣賞一年四季盛開的花朵，一束束傾瀉的陽光。人生歲月走過了滄海桑田，一杯清茶如不離不棄的知心好友，與人生攜手渡過危難與幸福，箇中滋味平淡而溫馨。有一杯茶的相伴，面對人間冷暖，不卑不亢。對朋友真誠謙和，善待別人，溫暖自己。人走遍千山萬水，歲月迂迴，最美的風景就是心中那顆善良之心的璀璨之光。

茶與人生，恍如一對孿生兄弟，彼此有太多相似之處。懂得了品茶，也許就懂得了人生。茶葉在 80 度的水溫中散發自己的魅力沁香和味道。人生在風雨與艱難中成就自己的生活目標。從最初的天真單純，到百煉成鋼。最後卻成就雲水禪心的超脫。一杯清茶，陪伴這種獨處的清淨。一杯清茶，隔離塵世煩囂，一杯清茶，陪伴人生進入文字世界，一杯清茶，陪伴一首優美的音樂，一杯清茶，陪伴一生的悠閒……茶是人生最好的朋友之一，讓心靈永遠不空虛。此時一杯清茶，正在陪我寫一紙閒情素箋，信筆隨意，感懷月光清亮，感觸百花情濃，訴那年高山流水遇知音……

16-11-2021 於沙田

飲茶和我的祖父

文津

週末，一家人到酒樓飲茶，談起我的祖父，我的腦裡浮想起許多事情：

我的祖父生於清末光緒年間，福建晉江縣人，本係書香世代，惜清季政局風雨飄搖，曾祖父早喪，只曾在私塾修讀過兩三年，靠自學成才，成為雕塑家。

二十年代，與我的祖母結婚，但軍閥混戰，濫徵兵丁，被迫和我的叔公逃亡香港。離開福建時，妻已懷孕，那是一個下雨天。

他被雨水擊中，在此之前他不認識痛；痛是一間坐著妻兒的房間，地板平坦得連歲月都會在其中失去流向。閉上眼睛，他的血管裡也下起了雨，隱隱聽到妻子的哭聲。

逃到香港後，找他雕像的人不多，生活頗拮据。他不時還鄉探望妻兒，共生下一子三女。

抗戰爆發，妻子帶同兒女到福建鼓浪嶼公共租界逃避戰火。不久，太平洋戰爭爆發，香港亦遭日軍蹂躪。

那時候炮聲很大，夢中卻有不平凡的氣象，渴望將有一片新天地出現；有時又踩著昔日的記憶如針扎，像隨時會被子彈擊中。他在夢裡留下一雙鞋子，而他的家人在現實遺失的卻更多更多。

戰爭結束後，回廣州結識黨國要人，為多位政要名人塑像，漸有名聲，家人亦搬來廣州同住。

　　1949 年，中國政局再次風雲變色，我的祖父又逃到香港，留下家人在廣州。

　　他睡在極狹窄擠迫的大廈樓梯角，月亮猶在雲裡。他好像聽見月光曲在飄浮，然後快速隱逝如一盆曇花開落；一夢間，他走出街外，久立至清晨。雨雲從低空壓下；傘下，他被雨水擊中。

　　幸好他對家人的思念不用太長久，因為到了 1956 年，除了在廣州結了婚的大女兒外，舉家都來了香港。

　　他在香港結識了不少官紳名流，為他們塑像，經濟環境漸趨好轉，並兒孫滿堂。

　　我的祖父除了熱愛雕塑外，亦喜愛書法。這一天，他拿起了毛筆，卻寫不出一個字，因窗外的風正在呻吟，他的思想好像又被雨水擊中。天空的另一邊卻照耀著猛烈的太陽，這是南中國獨有的太陽雨。那傾落的汗珠狀的金黃色，像在嘆氣。夕照裡看到的，似乎只剩下這國家的前世今生。人們以血腥抗議各種各樣的事情，這是六十年代末期的某天，不管神州大地或小小香港，都動盪不安，但我的祖父和一家人卻堅強地留下來。

　　除了書法，我的祖父亦愛書畫。某一天，他想畫一幅畫，是一個旅人流落在漫長的旅途上，但這幅畫的焦點在哪裡？事實上是他握住了筆，靈感卻被時間順手牽羊了。他的目光開始在空氣中閃爍、結晶，看見六十年代過去，然後是七十年代，接著就是八十年代了……

　　我的祖父的雕塑工具都是他自己用木塊、竹枝和金屬等造成。他在山野四處尋找可以造工具的材料，但灰

濛的天穹醞釀著堂皇的理由，要下起一場大雨。他又被雨水擊中，那雨水以重力加速度俯衝，像可以射穿皮肉，但他卻努力護著這些竹材和木材，抱回家中，造出一件一件可雕塑出一個一個人像的工具。

可是每一個生命都是一條一條的平行線，彼此的距離說著永遠。我的祖父橫越了從清末至八十年代整片雨季的陰霾，一轉身，凝神看著時間，最終要和我們訣別。

我的祖父在 1988 年逝世。

三十多年前，我扮作堅強和冷靜，沒有為祖父的離世哭泣。現在，我魂遊太虛，在腦海內為這些故事添了許多色彩，但這些都是祖父所想的嗎？這些事情都是真實的嗎？想著想著，竟忍不住又吃了一個叉燒包，並流下淚來。

非一般的中介代理人

林馥

「你可以幫我嗎？」
「要看甚麼事情。」

一、

她能看到一個亡靈。有人說有陰陽眼的人才會看到別人看不到的東西。

亡靈閃入她家是會問：「你可以幫我嗎？」

「要看甚麼事情！」這是她的慣常回答。

陰陽眼特異功能也是偶然發現，在十歲時被雷劈了一下僥倖生存後，就陸陸續續看到奇怪事。起初以為自己眼花，後來被一些亡靈突然閃出閃入，幾乎嚇暈。將事說出來後，被誤認有精神分裂症。

有幾次被老師及家人捉去看過心理醫生及精神科。沒有人相信自己，也曾一度患上抑鬱症！社交恐懼症！自閉症！用上任何方法及醫生開的藥方，也擺脫不了自己的幻覺。病情沒有好轉，藥也沒有減少，看見亡靈的事。時間越久接觸越多的亡靈，習慣了似乎也不太害怕，反而有少少同情他們對死後仍念念不忘生前的至愛及未了的心願。

亡靈似乎有樣共通點是怕事、怕貓，而且與他的生前性格相反。如生前是個惡人，死後的亡靈就變得溫馴可愛，相反生前是個溫馴的人，死後的亡靈就會變得凶

惡野蠻。

現在做了亡靈中介代理人也是在一次朋友父親的追思會上，朋友父親的亡靈請求她上台幫他向親友說幾句話，亡靈講一句她跟一句說出來。當晚，朋友父親的親朋好友全部都認為她是亡靈上身，因無可能一個與亡靈生前泛泛之交朋友竟能講出很多與一眾親朋好友私底下的秘密，及告訴大家亡靈的殘破皮梳化底收藏了一萬元，叮囑家人別將殘舊的梳化扔掉！

經這一次，就如堪輿學家預測來年香港運程，發現一一命中後，在陽界和冥界就一夜爆紅，引來求助無門的亡靈，閃來向她尋求協助！

更有生前罵過她有神經病的亡靈也來找她協助！

為免令自己太操勞，家中養了隻黑貓，貓是幫她阻擋亡靈其中一個方法！

有時候幫到人，也是件開心事！但幫的不是人而是亡靈啊！

有時候感覺人比亡靈更恐怖！

在候車時會有不守秩序的惡霸來插隊。人多地方又要提防有人打荷包，在超級市場遇見一個不讓路的怪人，當被購物車撞到時就會破口大罵，生人比亡靈更令人可怕！

亡靈不會害人，不會散播謠言，也不會阻礙人的去路，亡靈只會記掛自己生前最愛的人。

有時候會同情突然離世的人，未能來得及交代的身後事，無人可以幫助令他們有口難言！亡靈中介代理人

工作是 AI 也無法取代。做地產代理是買家與賣家的中間人，而她就是代表亡靈與生人的中介代理人！只需要有特異功能，不需要任何資歷。

「我想你幫我……」亡靈閃在她面前欲言又止。

「要看甚麼事情？」她說。換作其他人一定被嚇暈。而她習慣了遇到這種事。

「你可不可以將隻黑貓拿遠啲！」

她將身上的黑貓放下，牠立刻走開，亡靈是怕貓，她知道。

「是一個朋友入墓前告訴我有你一樣的人會幫到我，我想你幫我做一件事！」

「甚麼事？」她問。她想這個中介代理沒有宣傳只是靈傳靈就有客上門來的。

「我只想你幫我同我女講一句對不起……」

她沒辦法拒絕，他確實看來很悲慘樣子。

二、

「我叫韓美波，你是陳標女兒？」美波問。

「是！」

「你是？」陳標女兒問。

「是陳標叫我來的！……」

「他已經離世！」陳愛蘭立刻說。

她當然知道陳標已經離世，是他來找她求助的。陳標與其他亡靈一樣在毫無預警情況下閃出來。當然亡靈不會按門鈴進來！他們可以自由穿梭兩界。

「他要求我幫他做一件事！」美波說。

「你們如何認識？我不知道他還有朋友！」陳愛蘭問。

「我講出來，你可能會認為我有神經病！」美波說，要給她心理準備。

「你不會是想說見到他的鬼魂吧！」愛蘭說。

「你怎會知道？」美波問。

「神經病！」愛蘭說完轉身離開。

「你不想聽他對你要說的話嗎？」美波向她背後說。

「我根本不想知他任何事！」愛蘭大聲回應我說。

三、

美波本以為很容易的解決事原來不容易解決。

「她對你的離世根本不在乎！」美波對亡靈說。

「她應該仍是不原諒我吧！」亡靈說。

「你做過甚麼事，她不原諒你？」美波說。

亡靈有一個共通點，為要達成心願，他們會馴如羔羊。而且對她這個中介人很多時都會誠實申報他們生前的故事。

「我為了一個女人，拋棄她兩母女！」亡靈開始講出他的故事。黑貓早已經回巢睡覺。

「你已經是亡靈，你也無法再向她補償你過去的事！」美波說。

「我只希望她能原諒我！」最後是亡靈找她幫忙的重點。

「你不想念你的女人嗎？」美波問，人通常死後最記掛就是生前最愛的人，看來他的女兒才是他一生最愛。

「她知道我無錢又生病就已經跟另一個男人走了！」亡靈說。聽不到他憤怒的情緒。這是典型的家庭悲劇！

「我求求你幫我！小時候愛蘭喜愛吹口琴，我就買了口琴給她！我仍記得她開心樣子！」亡靈說出。

「好吧，我明天再幫你向她說！不擔保成功的。」只好這樣說亡靈才肯離開。

「啊！你下次來，站在門口好了！別閃入我房間或廁所！」美波再說。

四、

韓美波是個地產代理，兼職是靈媒中介，兩者沒有衝突。但副職有時候會影響正職。例如帶客人去睇樓時會遇到亡靈，她與亡靈說話時，忘記客人也在場，以為亡靈上身，嚇走客人。所以有陰陽眼也是一個工作障礙。

五、

「我知道你為甚麼不原諒他！」美波單刀直入說。

「根本我與他的事與你無關！為甚麼你常來要我去原諒他？」她說。

「因為你老爸經常閃出來求我幫他！」美波知道她一定認為她是傻的，所以說出她兒童時與父親一起的事，希望她會相信她多一點。

「人已經死了，沒有甚麼不可原諒吧！」美波說，

她只想盡快完成任務。

　　最後陳愛蘭也沒有明確說要原諒她的父親。中介人未必每次能為亡靈達成心願，怕且今次也一樣吧！

　　後來，一個晚上回家途中，美波幾乎被一輛私家車撞到時有隻無形的手將她拉回來，心神未定時，陳標就閃了出來，對她說：「我心願達成了，是來向你道別的。」

四色白蘭花

宣希

經過六個小時的手術，莫深和同事們終於把病人搶救過來，他舒了一大口氣，拖著疲憊的身軀回到辦公室，護士告訴他，因為不知道手術甚麼時候完成，所以已把今天預約的病人全部改期了，他如常給護士一個大姆指。關上門後，他熟練地打開牆上的書櫃，從一堆牌匾和獎杯中拿出他珍而重之的玻璃水瓶，習慣性地用手摸摸旁邊的裝飾物，那是一朵仿瓷白蘭花，共有四塊花瓣，最特別是它們的顏色各不相同，分別是綠色，橙色，粉紅色和淺藍色，其中淺藍色那塊缺了半邊，有好幾次莫深的手被刮破流血，後來他用玻璃膠水把缺口圍了個圈，雖然外觀一般，但看起來也算和諧，他常這樣認為。他用木勺子從茶葉罐裡拿出茶葉，放進水瓶，再加上他為了泡茶而特別配置的隔茶網，倒進熱水，一杯香濃的熱茶便完成了。他最喜歡茶後坐在大班椅上讓思緒放空，不知不覺已成為他十多年來的習慣了。

雖然身為急症室醫生，對於生老病死早已習慣，甚至麻木，但是看到手術台上失去知覺的病人，聽到那微弱的心跳時，醫生的使命讓他進入了忘我之境，只希望病人可以生存下去，為了愛他的人，又或者他愛的人。

「為了愛你的人，請不要放棄！」這是莫深的金句，醫院裡的同事都知道他常常用這句話鼓勵病人，只是沒有人知道，這句話的原創並不是他。

　　二〇〇三年，「沙士」剛開始在港肆虐，街道冷冷清清，巴士上乘客全部戴著藍口罩，露出的眼睛清一色的無奈，不復往日的喧鬧，一如西安的兵馬俑，安靜整齊地排列著，莫深是其中一個，他坐在車窗邊的位置，一邊聽著收音機報道疫情新聞，一邊看著窗外如幻燈片一樣在眼前閃過的倒閉商鋪，他的情緒也隨著車速左右踫撞著。

　　突然猛烈的撞擊聲，急剎車聲，尖叫聲打亂了他的思緒，司機急忙停車並下車察看，車廂內的乘客騷動起來，有人小聲地議論究竟發生甚麼事，有些八卦的甚至跟著司機下車去觀看情況，突然有人大叫「撞到人了，有沒有醫生呀？趕快來幫幫忙！」莫深和身邊幾位乘客迅速響應下車。馬路上躺著一名女子，應該是被巴士猛烈撞到，表面上沒甚麼傷口，從她的眼神看，她似乎很痛苦，連話也說不出來，整個人蜷縮著，圍觀的途人也很著急，很想幫忙但又無從下手，也有人在打電話報警，看到這情況，雖然是實習醫生，但骨子裡的責任感讓他忘記身分，他蹲下去查看傷勢，把她的口罩取下，關切地問她哪裡不舒服，但傷者只是無助地看著他，嘴巴動了動卻甚麼也沒說出來，她的口鼻已開始湧出鮮血，但看上去還清醒，「大家請讓開，給傷者一些新鮮空氣！」一把女聲分開了圍觀的人群，她蹲下來握著傷者的手安慰，「救護車馬上到，沒事的，再堅持一下。」在傷者漸漸失去意識時，救護員及時趕到，大家合力把傷者送上救護車，她在放手時，仍不忘再鼓勵傷者「為了愛你

的人，請不要放棄！」

人群隨著救護車聲很快散去，莫深這才有機會看清身邊的女孩，他對她說「謝謝幫忙！」「應該的，也謝謝你幫忙！」兩人相視一笑，那是一雙漂亮的眼睛，清澈如泉，淺淺的雙眼皮，陽光般的眼神散發著溫柔，一種溫暖和甜蜜的感覺深深植入莫深的心裡，「你的衣服髒了，倒點水出來淋一下吧。」她一邊說一邊從手袋裡拿出一瓶水遞給他，還沒等莫深回覆，她又看了一下手錶急忙說「不好意思，我趕時間，先走了，再見。」莫深接過水瓶還沒反應過來，她已經離開了，留下一個長髮飄逸的背影。

之後很長一段時間，莫深為了與她偶遇，經常在相同時間來到這個老地方，一次次地失望，只有那個玻璃水瓶一直在撫慰他的心靈。「沙士」很快過去了，口罩也淡出了人們的日常，找到她的心願更難以達成了，他並不知道摘下口罩後她真實的樣子，人海茫茫，伊人在何方？

日子一天天過去，莫深已經從實習醫生晉升為高級顧問醫生了，也有了自己的家庭和孩子，事業家庭兩得意。

二〇二〇年初，新冠肺炎洶湧而至，一如「沙士」當年的情形，人們再次戴上口罩，新認識的朋友變成只看到眼睛而不知長相，人與人的距離也開始拉遠了，各種設計及顏色各異的口罩粉墨登場，不變的是人類心靈的窗戶——眼睛，眼睛？莫深馬上想起當年戴著口罩的

那雙明眸，如果再相見，大家還能相認嗎⋯⋯

那天，他如常為肺癌晚期的病人張伯應診，對於只能進行舒緩治療的張伯，莫深每次都會多聊一會兒，拉拉家常，交談中張伯的眼睛盯著書櫃左右察看，這種情況常常發生，所以莫深並沒在意，因為櫃子裡面有很多獎杯和一些嘉許獎牌，有的是他參加運動比賽獲得的，也有的是職業上的榮譽。有些病人看到這些會跟他多聊幾句，有些看完誇獎幾句便離開，他常常謙虛回應「我的興趣比較多，甚麼都會試試。」不過張伯不同，他的眼光只專注地盯著那個玻璃水瓶，良久才問他「請問這個水瓶您在哪買的？還有這個掛飾？」

正在處理電腦資料的莫深聽到這話，像觸電一樣，一種無法言喻的感覺，是激動？是意外？他不能確定，結巴地問「你見過這水瓶？」張伯疑惑地說「這水瓶太普通了，到處可以買，只是這白蘭花飾物應該只有一件，可以拿給我看看嗎？」莫深動作麻利但又小心翼翼地把水瓶拿出來遞給他，拿到水瓶的張伯把白蘭花仔細端詳，特別是淺藍色的花瓣，他摸了摸問「這裡是缺口，你黏了玻璃膠？這方法當年我也想過。」莫深緊張地回答「是，你⋯⋯怎麼知道⋯⋯」「這是我和晶晶一起做的陶瓷功課，真奇怪，這掛飾怎麼在你這裡？」「一個女孩送給我的⋯⋯」不知道為甚麼，莫深突然有點心虛，畢竟把一個異性送的普通水瓶珍藏差不多二十年，以他現在的身分好像有點尷尬，「肯定是晶晶，肯定是她。」張伯激動地說。「晶晶？她叫晶晶？你是⋯⋯」莫深也激動

起來，尋覓多年的人，終於有消息了，他伸出手拉著張伯，喜出望外，「你是醫生，她送給你，她想找你，對了，對了，對上了，終於找到你了……」張伯老淚縱橫，緊緊握著莫深的手「莫醫生，沒想到是你，這些年來看病，都沒認真看櫃子裡的東西，今天突然看到那藍色的花瓣，於是多看了一眼，沒想到，沒想到……」他重重地握著莫深的手，哽咽中一段往事慢慢浮現……

　　張伯和妻子四十多歲生下女兒晶晶，一直把她當掌上明珠，女兒喜歡甚麼活動，他們夫妻都會輪流陪伴，那個四彩白蘭花是女兒小學時的親子勞作，四朵花瓣是女兒希望家裡再添一位弟弟或妹妹，成為四口之家。淺藍色是爸爸，雖然最後沒有弟弟妹妹出現，但女兒一直把這個掛飾掛在水瓶上，直到大學畢業，有一次張伯看到藍色的花瓣缺了個口，怕會割傷晶晶，拿了玻璃膠想黏好缺口，但她說這樣不好看便不了了之。後來晶晶換了很多水瓶，從各種形狀到不同顏色，但掛飾一直陪伴著水瓶。

　　晶晶十八歲生日那天，告訴父母一個秘密，她找到了白馬王子，他是醫生，她協助他搶救了一名傷者，所以她把白蘭花的掛飾送給他，以後他們家會成為真正的四口之家，如果父母想知道是誰，逛街的時候可以多留意。為此，有一段時間，張伯夫妻到處去找這個掛飾，想看看廬山真貌。

　　二十歲生日，張伯夫婦叫晶晶帶白馬王子回家，晶晶回他們說她也在找，張伯夫婦以為她鬧著玩，就沒把

這事放心上了。

二十五歲生日過後，一場車禍就把晶晶帶走了，張伯夫婦整理遺物發現，她的生日願望就是找回四色白蘭花。「晶晶出事後被送到你們醫院急症室，我們趕到已經太晚了，她沒道別就走了……」張伯說完這句便停下來，任由淚水越過口罩緩緩流下，他的手卻緊緊地握著四色白蘭花。

莫深的眼眶早已滿盈淚水，他重複著把眼鏡取下又帶上，此刻言語也無法表達他的心情，他的手輕輕地拍打著張伯的肩膀，心裡悄悄地說：

「為了愛你的人，請不要放棄！」

書桌上，玻璃水瓶靜靜地靠在電腦旁，電腦的屏幕顯示：

日期：二〇〇九年七月三十日
病人姓名：張晶晶
離世時間：下午七時十五分
當值醫生：莫深

庵堂的天使

荷悅

「今天多了一個空位，你快點來吧！」

「你找了淑芬沒有？」

「沒有。我沒有找她，我不想找她。」

「是今晚嗎？」

「對。」

「好。幾點要到？」

「你六點在靠近菜園的後門等我，到時我會開門給你，別遲！」

小曼打電話給我時，極力壓低調子，告訴我預訂了齋菜的客人因事缺席，因此騰出一個空位來。她恐怕遲了通知我，又不知會出甚麼亂子。今晚她特別想我出現，因為庵堂主持請來一間大寺院的名廚，主理共十圍菜式，絕對是千載難逢的機會。

從中一那年開始，小曼利用混水摸魚的方式，經常偷偷安排我和淑芬往庵堂享用美味全齋宴，而且長達數年之久。我是經過小學同學王淑芬而認識小曼，因為淑芬的住所離庵堂不遠處，至於她是如何能搭上小曼，我從來沒有深究，大家一直沒把這些瑣碎往心裡放，還認為彼此能夠相識都是理所當然。

今晚只得一個空缺，小曼卻選擇邀請我來，相信她與淑芬之間必然出現某些狀況。我認為道理一定在小曼那邊，淑芬與我仍算是朋友，並不是我們真的是朋友，

而是因著那些絲絲縷縷散發在空氣裡的美味齋菜維繫著。沒有小曼，我們只能算是舊同學，這些都歸咎於淑芬量度小和善變的脾氣。這天之後，淑芬再沒有出現。

我為享用太多免費齋宴而心裡感覺內疚，每次當母親命我往市集買蔬果時，我會老遠幫襯庵堂的小攤檔，既可以見見心地善良的小曼，又可以起一點回報作用。

每次我拿著那些庵堂蔬果回家時，定然被母親責罵一番。

「不是對你說過嗎？不要再光顧上次買番薯的那一檔！」

「沒有啊！我是光顧另一攤檔的。」

「為甚麼你總是被人騙，還記得上次買回來的番薯嗎？」

「怎麼樣？」

「全是乾水的，一定收割了很久。」

「哦！是這樣嗎？」

「你看，今次買回來的豆角也收了水，不夠新鮮！」

因為自知理虧，我不敢再多言，除連聲向母親道歉外，還敷衍說以後會提高警覺，不再讓她失望。其實怎樣我也會再光顧庵堂的，心想人家又不是完全騙我。瘦田種不出肥壯果實來，只能怪那塊瘦田，人家確確實實給了我番薯和豆角，多放一點水去蒸煮便是，好歹也給人家一條生路吧！

每次和母親口角時都有些膽怯，像買菜這事遲早也會被母親發現，還可能發現背後更多嘴饞的秘密，有時

我倒希望這些秘密早日被揭穿，心裡多留一個秘密便多一點痛苦，況且像我那樣歇斯底里飛奔往返庵堂與住所之間，愈來愈有點吃不消。每將到達家門時，我都要喘著氣找個暗角讓自己回過氣來，還要裝著若無其事，嘴角帶笑地踏進家門，真的太累！

　　有時我有這樣的想法，為甚麼會遇上小曼。她是心地很善良，是值得交往，可實質上，我從未交過這麼可憐的朋友，她讓我把人類陰暗層面都無情地發掘出來。

　　天真無知是少年的權利，面對小曼卻讓我加速長成，離開爛漫。有時因為被小曼觸動而走進心境的灰黑地帶，但我不能為此而遠離小曼，除非是她先選擇疏遠我。

　　小曼年齡和我相若，我不知道她背景出處。不愛多管閒事的我從沒有向她過問些甚麼，一切是憑直覺交往，反正我久不久能在母親神不知、鬼不覺下享用免費大餐，而且齋菜款式還經常更新，連那些奇形怪狀的草菇我也嘗過不少，管它那麼多！

　　以灰色水泥磚蓋搭而成的庵堂是一所長型建築物，四面被農田圍繞著，內裡安放著數尊塗上大紅大綠的觀音像供善信參拜，中庭可以容納十多張大桌子給外人享用齋菜，後庭有個大廚房，也是尼姑和一些阿姑的住處，盡頭是一間放滿神主牌的靈堂。

　　我唯一知道的，是小曼在小學畢業後便輟學，後被庵堂裡人稱三姑的婦人收養，棲身於庵堂之內。沉默寡言的小曼平日要幹的事實在太多，迫使她不得不合著嘴巴拼著幹。

沉實的小曼大約十多歲，雙眉形態柔美，那道明亮而流不出淚水的雙眼，如薄霧般繚繞在人的心頭。雖然擁有一對明眸，但樣貌並不出眾，這都怪她下田太多，在陽光暴曬下令皮膚變得臘黃粗糙，那瀏海齊耳直髮更是土頭土腦，最要命的算是說話時那種沙啞聲線，把溫柔的語調都蓋過了，經年累月身穿暗沉上衣，配以黑色長褲的她，把美好的身型都拖垮。

我們見面多在魚目混珠的齋宴中。小曼每次見到我時，都輕把平日緊抿著的嘴唇咧開，配上笑意盈盈的眼神歡迎我，她先匆匆把我安頓好，再返回崗位聽命於阿姑吩咐，從來沒有好好坐下來與我攀談進食。

少不更事的我嘴巴一點也不乖巧，記憶中從不懂向小曼說道謝語，像塊尖角硬邦邦的石頭，叫人蹴了弄傷手腳。她多年邀我吃齋菜這事令我很費解，可能她喜歡我友善、坦誠、直率，或是我那從不招惹是非的性格，又或許有其他我猜不著的原因。

就讀中四那年，某假日我穿上一條長裙參加完同學生日聚會後，立刻奔赴齋宴，算來個多月沒嚐過饞涎欲滴齋菜的我，確實有點著急，心中恨透沒有客人臨時缺席。那天我幾乎把每道餘下來的齋菜清光了碟，還十分後悔穿上那條貼身長裙，它把我填得滿滿的肚腩無遮掩地呈現出來，令我萬分羞愧。平日我哪會穿上裙子往庵堂，原因是害怕母親對我那身衣著打扮起疑，還有是每次都需要絕地狂奔返家，穿裙子哪會合適。

當天齋宴散席後，小曼已經在離不遠的角落用眼神

呼喚我，我逐步貼近她身後，兩人鬼鬼祟祟鑽進後庭。那裡有個不起眼的魚池，還有些滿佈青苔的假山擺設，她打開面對靈堂那間小房的狹窄木門，首次領我走進她的臥室，那是一個細小而陰暗的房間，幸好有那床頭的一扇窗，讓人可以窺望一片晴空和無盡的山頭，覺得世間尚存一絲希望。

小曼從床尾拿出一個粉紅色塑膠袋來，裡面裝著一塊布，是白色底淺綠色碎花的尼龍質料，不知她是從哪裡得來。小曼說從未擁有過裙子，希望我能替她想想辦法，弄件類似我身上所穿著的。

「我不懂裁剪啊！」

「可有方法幫個忙，算是我求求你。」

那刻小曼臉上兩股眼窩裡的淚水都快要滾出來，卻又給她使勁憋住吞進喉嚨去。而在我的內心，亦有一股難言的苦澀在翻騰著，那刻大家都墮進沉默裡，我懷著對她可憐的心，忍不住先開了口。

「想想看，你有穿裙子的機會嗎？」

「總會有機會的，而且機會快要來。」

「是甚麼機會。」

「遲些會告訴你。」

在現實生活中，小曼像隻籠中鳥，幾乎無法外出，我又忍不住再說。

「要度身裁剪的，你能跑出來嗎？」

「我可以偷偷跑出來一會兒。」

「甚麼時候？」

「明天最好。今天弄完這齋菜宴後，大家肯定會累，這一兩天沒人會對我費神，我裝作下田工作便成，你放學時在後門等我。」

「好。」

隨後小曼伸手往床墊下的草蓆底抓了一把，拿出舊舊霉霉共四十元紙幣塞進我手裡，說是用作裁縫費。這些錢她一定得來不易，我怎麼能忍心收下，之後我向她說了一個天大的謊言，騙稱我的裙子只需十多元人工費，而且我家和那裁縫師非常稔熟，經常可以取得優惠。我又誇讚她的身材那麼標準，費用定必比我這個大件頭便宜，收她十元也算多收了。沒有見過世面的小曼竟然相信我，她甜絲絲的交了十元給我，又把其餘紙幣小心翼翼放進蓆底去。

踏出庵堂，我心境無法平靜下來，還忘記要趕快返家這回事。心想去哪裡找個裁縫師這事真令人傷透腦筋，片刻腦海突然閃出了一個闊口大面的改衣店老闆娘來，聽說她會幫人家做衣服，手工不十分精細，但價錢特別便宜，心想小曼怎會那麼講究。對，這回是找對了人！

我冒著被母親痛罵離家整天的風險，急忙往附近街市找著那老闆娘，只說出有關裙子的原委，我先從口袋翻出全副身家二十元給她，說收貨日必定將餘額奉上，還再三請求她把秘密守住。

第二天中午當我準時到達庵堂後門時，小曼已在一株隱蔽樹底等待著，在她不知情下，我那美好計劃便逐步順利完成。心裡還暗暗誇讚自己幹嘛愈來愈成熟。

　　我們在邊行邊跑回到庵堂時，才發現後門已被鎖上，情急下的小曼唯有踏在我肩膊上，在她跨步往牆頭一躍而下之前，我趕快往她袋子塞進兩包大棉花糖，當那驟然啪嗒摔倒地上的響聲消失後，庵堂又回復以往那種靜寂淒愴。

　　我足足等待了個多月也沒收到小曼消息，我嘗試撥打電話往庵堂去，可是接聽的阿姑粗聲大氣地問要找誰，我被她這一問嚇得魂飛魄散，趕忙掛線了事，免得那偷走計劃會被人識破，日後因此而斷了食路。這樣的等又是一個月之多，事情看來有點不尋常。

　　我決定帶同那條完工的裙子，膽粗粗假裝往庵堂買瓜菜，當遇上一個面容較和善的尼姑時，我借故說早前小曼答應留些應節瓜菜給我，未知能否找著她。

　　「啊！那女孩小曼嗎？」

　　「對呀！」

　　「上兩個月摔倒後一直叫痛，後來把她送往醫院去。」

　　「請問在哪間醫院，我想前住探望她。」

　　「遲了！她死了！」

　　「為甚麼？」

　　「在醫院治療期間，發現末期肝癌細胞已經擴散全身，不到一個月便死了。」

　　「葬在哪裡呢？」

　　「庵堂主持說她無親無故，以後不會有人去拜祭，便替她拿個主意，火葬後把骨灰灑在菜園裡，還為她造

了個神主牌供奉著。」

聽到這裡，我不禁緊緊握起拳頭，有直奔往庵堂痛打那主持的衝動。幹嗎她拿這個主意，有沒有事先得到小曼的同意。人家生前在菜園做牛做馬，死後還要替你們的瘦田賣命，究竟天理何在！

我蹲在田箕像小孩般放聲大哭良久，有兩個健壯的大姑高聲叫嚷著：「就是她！」然後狠狠地把我抽起來，要把我趕出去。我強行站起，拼命用那股極度悲憤的蠻力，把她們往番薯苗地一推，之後像瘋馬般竭力往前奔。我跑進那供奉仙人的靈堂，果然新添了小曼的神位，上面寫上她的生死年月日，原來是姓張，算來只有十五歲。

執起幾把點燃著的香燭，我跑往化寶爐去，然後把小曼的新裙子好好平鋪在爐子裡，爐底冥鏹的餘溫馬上把喱士裙腳燃燒起來，沒多久整條裙被捲進火海裡。爐外翻起微風，把爐裡的灰燼往晚霞處飄送，我看見半空的小曼穿起她那漂亮的裙子，她自由了！

狗語翻譯器

陳美濤

　　「新聞報導：專家成功翻譯狗隻語言，預計經過產品測試後，狗語翻譯器會推出市場，從此人狗無障礙溝通⋯⋯」伏在電視機前的我，驚喜得站了起來。作為一隻狗，我有很多事想告訴主人，例如最近這款狗糧很難吃、還有，隔壁莎莎是我的女友，放狗時，應該給我們一些私人空間⋯⋯

　　男主人是個胖子，坦白說，起初我也不想他當我的主人，我和你們一樣，都喜歡美女。但我不停對著胖子吠叫，被寵物店店員解讀為「狗狗看見你很興奮」，於是我就被胖子買下了，可以說，這都是因為沒有狗語翻譯器。不過，搬進胖子家中後，才知道他是個富商，而且他很疼我，我挺滿意的。

　　「有狗語翻譯器，就可以和旺財聊天了。」胖子摸摸我的頭，十分高興。但女主人的神情陰晴不定：「老公，我們不可以再養旺財了。」我和胖子都呆住了，女主人解釋：「你叫朋友來開會時，都沒有避著旺財，牠知道很多秘密。等翻譯器普及後，旺財亂說話怎麼辦？廉署叫牠指證我們，我們不就死定了？」沒錯，我聽過很多「洗黑錢」、「賄賂」的詞彙，但我不是偷聽，是你們說秘密時沒有避開我。還有，我怎會去做證人？我又不是警犬，難道我會為了正義，令自己失去安穩的生活？

　　但這一刻，未有翻譯器，我沒法表明清白。幸好胖

子幫我說好話：「即使翻譯器推出，狗要做證人，也要再立法。諮詢立法，十年八載的，旺財都不知道多老了，立法後再說吧。」對了對了，我這把老骨頭，也不知道能活多久。

這場風波似乎過去了，第二天胖子上班後，我懶洋洋地起床，走向我的早餐。

然後我看見一隻老鼠，已經在吃我的狗糧。唉，這麼大的豪宅也有老鼠，不過我已經習慣了，當牠來併桌吧。咦，為甚麼那隻老鼠在抽筋？牠全身發抖，慢慢走近老鼠洞，剛剛走到洞外，就躺下來死掉了。

有毒，狗糧有毒！

食物一向由女主人準備，為甚麼她要害我？昨天明明說好了，我沒機會做證人，不會舉報胖子。我仔細一想，近來胖子出差時，女主人會帶一個小白臉回家，走進她的房間……女主人怕翻譯器推出後，我會向胖子告密，所以要殺狗滅口？兄弟，其實我對你們的恩怨情仇，一點興趣也沒有；即使你怕我告密，為甚麼不可以賄賂我，一定要用那麼殘酷的方法？

「踏、踏。」是女主人的腳步聲，我立刻用一招「雙龍出海」，一爪把死老鼠撥進老鼠洞，一爪把碗撥翻。她看到滿地狗糧，換了另一份狗糧給我，我當然不敢吃，坐在一旁裝抑鬱、裝厭食。我猜，她要和胖子交代，應該不會拿刀把我斬成狗肉醬吧？

好不容易待胖子下班，女主人投訴：「旺財今天不吃飯。」「旺財，有甚麼事不開心？」胖子摸摸我的頭：

「我帶你出去逛逛。」放狗時間，終於可以遠離女主人，我雀躍地衝出去，我要和女友莎莎商量一下，應該怎麼辦，這樣下去，我不被毒死也會餓死。

我看見莎莎的傭人，咦，莎莎呢？胖子問：「那隻狗呢？今天不帶出來的？」傭人情緒低落：「莎莎今天急病死了，太太也沒能救牠。」急病？一定是因為狗語翻譯器的新聞，莎莎也知道一些秘密，被她的主人滅口。胖子嘆氣：「太可憐了，旺財很喜歡和莎莎玩。」你這個蠢材，莎莎是我的女友！

平日這個時段，很多人放狗，但今晚，很多朋友都消失了。我明白，這區是富豪住宅區，富豪總是特別多秘密的。我垂頭喪氣地回家，繼續不吃不喝，餓了兩天，胖子很擔心，把我送到寵物醫院，醫生說要住院觀察，呼，我終於可以吃一頓飽飯，但我知道，出院後，就是我的死期。

晚上失眠，他們沒有把籠子鎖好，我就出去逛逛。我看見兩個獸醫竊竊私語，打算偷偷繞過他們，誰知不小心撞到桌子。兩人望向我，獸醫甲鬆一口氣：「哦，一隻狗。」「蠢材，狗語翻譯器快要面世，到時那隻狗會告發我們的！」獸醫乙衝過來捉我。又來？我根本沒聽見你們說了甚麼！我拼命地跑，我知道醫院可以人道毀滅，不可以被他們捉住。

好不容易逃出醫院，天大地大，我應該去哪？我記得回家的路，但回家也是死路一條，難道，從此我要做流浪狗？街邊大屏幕在播新聞：「近日大量寵物狗死亡，

懷疑有狗隻傳染病……」我沒有猜錯，枉死的不止莎莎，人類居然覺得是傳染病。或者，狗語翻譯器面世那天，就是我們滅族之時。

為甚麼人類要弄一個翻譯器來害我們？沒有人反對嗎？我很快想通，怎會有人反對，反對即是心虛有秘密；相反，狗主會大力支持，顯示自己坦蕩蕩而又有愛心。

不知不覺間，我遇到一堆同伴，看見他們乾淨的皮毛，我就知道，他們不是流浪狗，是跟我一樣在逃命的寵物狗，同是天涯淪落狗。一群狗懷著心事向前走，但沒人知道目的地在哪，人類真的會放過我們？

突然，我想到一個救世的方法：毀滅語言。人類翻譯我們的語言，但如果，我們根本沒有語言呢？不再發出有邏輯的訊號，不再溝通，只會亂吠。當狗語不再存在，翻譯器就沒法通過測試。

「我同意。」第一個回應的，居然是我的偶像，牠擅長作詩，作品〈再別狗糧〉膾炙狗口，比得上人類的「床前明月光」。

「我願意用生命去捍衛語言，但現在，是整個狗族的存亡。」偶像很堅決：「傳遞訊息後，我們不再說狗語，下一代不懂，亦不會有人翻譯。」翻譯器面世前，要把這個訊息，告訴全世界的狗。狗隻文明，從此毀滅。為了生存，每隻狗也很合作。

「狗語翻譯器測試失敗。專家指出，狗語並不存在，狗隻智慧低下，不足以發展語言，只存在生存本能。」所有狗也鬆一口氣，我終於可以回家，胖子很高興，女

主人看我的眼神，亦不再有質疑。

幾個月後，胖子找了一隻母狗給我配種。沒有任何溝通，我毫不猶豫地撲上去，我不知道她是否願意、不知道她平日有甚麼嗜好，甚至不知道她的名字。因為我和她，都失去了語言的權利，可能她會幫我生幾個兒子，但她不會是我的女友。

有溝通的，叫愛情；沒有溝通的，叫配種。

女貞

席輝

女貞花開
晴雪紛紛
白了枝頭
香了
黃昏

又是女貞開花的季節啊。校園裡,那棵老樹,可還有誰記得。

她沿著腳下石子小道——走來。城,未變之地,已所剩無幾。這條小道,和道旁幾處私邸,因著歷史悠久掛上文物保護牌,得以保全。相較之下——人,年歲尤顯太短;情,更無念及中長。

小道忠貞,歲月,在這裡停守。

尖尖的鞋跟陷進石縫。
「噯噯!快扶我一把。」
「那樣高跟,活該!」
「再說,你再說!」
她抬起一腳——鞋飛出,人,也拋臥在地,疼得揉腰齜牙……

她含笑，輕緩而行。

「吃雪條吧！」
「天這樣冷？！」
「傻瓜！沒聽過冬吃蘿蔔夏吃薑？天冷才要吃冷！」
　　他細心拆掉包裝遞給她，她咧開嘴，神氣得像個孩子。

　　不一會，他發現她被冰粘住，雙唇脹紅。情急下，顧不得她搖頭擺手，他從另一邊咬上去——用自己的唇暖她的。

　　她鬆開，退後看他……見他雙唇通紅不好受的樣子，她走近，再輕咬回去。

　　女貞樹下，兩個人感受著彼此溫熱的鼻息；第一次在對方眼中看見自己——四排睫毛撲拉撲拉——又麻又癢癢。

　　「噗呲！」她笑——雙唇冰冰麻麻、兩眼濡濕。

　　「噯！小兔子，你看那件，還有那個……」
　　一襲紅色中式嫁衣，綴滿金絲繡成的牡丹鳳凰祥雲如意……無名指上的婚戒唯美精巧——好美！——她癡癡地盯著，把模特的臉幻想成自己的；左手不經意間攤開……櫥窗玻璃浮現另一張臉，正癡癡盯著自己的臉——羞惱之下，她舉肘狠狠頂去——「啊喲！」

經過櫥窗，她不自禁望去──那兒有綻開的魚尾──
它們也在笑。

終於回來──幾度魂夢縈繞；老遠，已有香氣繞鼻。
暑假期間，校園靜寂。其實，它又並非靜寂。你聽，
有風經過、有花在落──那香氣，便是聲音的軌跡。

此時，她又站在樹下了，她仰起臉。

「小兔子，給──」
「──啊？！你叫我穿阿婆鞋？！」
「唉！是健康鞋啦！不要那樣貪靚……」
「喜歡，留你自己穿！……」

她閉上眼。
後來，是怎麼了，到底是怎麼一回事？……有風走
過，有花落的聲音，還有──嫣笑，軟語……那鞋，一
定很舒適，很合腳的吧？……是白天哪，有陽光的晴朗
明快的白天，她卻始終無法仔仔細細看得究竟──她大
張眼睛，依舊模糊迷離──到底是怎麼一回事？
那白底小花的長裙下襬，在鞋身投下浮影……隱約
間，有暗香窒鼻。

臉頰微涼，髮絲在搖──聽，女貞花，又在唱歌。

她閉上眼，仰著臉。

忽明即滅的影、白色花裙，彷彿另一株女貞——在行走、在快樂流動的女貞。

畢業前夕。

他悄悄記下她手指尺寸。當時，她蜷縮身子窩在小小椅中——她是想睡便隨時入睡。他小心捧住那隻手，像捧住一件獨一無二的藏品——小心翼翼地印上吻，又吻。

她說自己其實是披著兔皮的獵人，他是她的獵物，他才是兔子。

——他笑了，眼眸閃動，一滴溫熱，自渾濁井口跌落。

女貞還在。

「哼！」——她蹦到他臉前，「你怎麼遲到！」

這只小兔子！可愛又無理的兔子。從沒見她好好走路，總是一蹦二跳。開始時，他可憐她的鞋；接著，他可憐自己；日子久後，他心疼起她的腳、熱烈地愛著她整個人。

他已走到樹下。

「哼！你說，為甚麼又遲？！」——恍惚中，他似

乎聽到一聲——他呆住。

「你又在想東西對不對？有我在裡面嗎？」

他努力回神，雙唇無聲自語。

——小兔子，他的小兔子。是甚麼時候，她跳得太遠，跳出他的視線——他努力回神，雙唇無聲自語。

女貞靜默。

兩個身影沉默。

風，不明緣由，戲搖花枝——瞬間，她像被披上白色頭紗——多好看——他一直知道，她會是世上最美的新娘——緊攢戒指的手顫抖疼痛。

樹下。

兩人相凝語滯。

落在她睫毛上的花兒，偏偏此時份外晶瑩。

1、女貞：常綠灌木或喬木，花開淺白，香味極濃。花語：永恆的愛。

2、「晴雪紛紛、香了黃昏」，節選自：宋代，張鎡〈眼兒媚‧女貞木》〉。

破綻

麥華嵩

這地方僻靜幽閉，有重重山林包圍。他們走了兩個鐘才上到來，其他人都往別的碉堡和其他山頭去了，現在只有韓抗、參宏，和他三個。附近有一個瀑布，水流很吵，應該可以蓋過槍聲。他只要果斷地出手，開槍夠快，電光火石之間就解決得了參宏和韓抗，也會有足夠時間逃走或鋪排現場。

不如先翻過山頭。那邊有一個更大的瀑布。

他開始懷疑自己是否在找藉口。很多年前，教官又狠又絕的話，又再在他耳邊響起：「你是一塊豆腐！沒用的豆腐！」

「豆腐」是義邦俚語，語氣很強也很粗俗，用來罵一個人優柔寡斷、不能作決定，像一塊捏一捏就粉碎的豆腐。他後來知道，教官對所有新入學堂的孩子都是不分彼此地先罵一頓的。但後來歸後來，多年前他心裡感受到的衝擊，此刻仍在山林中響起。

他潛入和邦之後，其中一個一定避用的罵人字眼，正是「豆腐」二字。和邦人絕不會以「豆腐」罵人；他們的對等用語是「豆板酥」。儘管「豆腐」和「豆板酥」都是與豆有關的食物，他一旦弄錯就會露出馬腳，尤其和、義兩邦長久以來互派探子和臥底混入敵境，他擔心自己一舉一動都容易引起懷疑，於是十分小心。其實他和其他義邦人一樣，對和邦的「豆板酥」一詞很反感，

認為這正正指出和邦是北方強國的附庸、哈巴狗，所以在俚語中也要提到北方流行的食物。和邦人的想法卻剛好相反：將懦弱的人比喻作來自北方的貨色，正正突顯了和邦人一身傲骨，強大的北方也看不在眼裡。這些用語的分歧，和無數不同的口音與禮儀的小差別，都加深了連年交戰的兩邦之間的仇恨、猜忌，和互相鄙視。

他在和邦軍隊中一步又一步向上爬的年月裡，每當和其他軍人混，一起喝酒、賭錢、嫖妓，或向兵士出氣，無論說甚麼粗話，都一定只用和邦的粗話，絕不會混雜義邦的。例如他常常會發狂一般的罵兵士「豆板酥」，好讓大家放心他是最愛虐待下級的老粗。韓抗很喜歡這種老粗，因為他們夠簡單。韓抗有一次沾沾自喜地對他說：「這些傢伙，在我眼裡都是透明的；我愛煞了透明的傢伙。」

多年來，他一直成功偽裝作一個透明的傢伙，他為此很是自豪。他現在是韓抗的心腹了，經常和韓抗喝酒談天，聽韓抗傾訴。他於是知道，和邦至高無上的大統領，心中滿是疑慮和恐懼——恐懼有一天會被義邦打敗成為階下囚、亦恐懼被自己人以陰謀政變奪權。他在一夜又一夜的聆聽中，亦一直掩飾、壓抑著心中的仇恨。他和跟他同代的義邦人一樣，對韓家和和邦恨之入骨，儘管和邦是翻過山嶺就看得到的土地，和邦人也是跟義邦人說同一種語言的，而且據說在渺遠的過去，兩邦本就屬於同一國度中同一個龐然的城市。他出生後的十多年之間，兩邦的戰鬥其實不很激烈，他的家鄉小村只得

五、六個長輩曾經參戰，而且都好好地活著回來，最多有點手腳擦損和骨折，休養幾個月就完全康復，之後犁田種菜都沒問題。他認識的義邦人之中，並沒有受戰禍傷害很深的。義邦的頭領，卻以各種宣傳、教育，令他和一整代義邦小孩對和邦——尤其是已經在和邦專政數十年的韓家——深痛惡絕，令他和他的同胞，將咫尺之外的田野與漁村的民眾，以及給那個集體賦予一個面孔的韓抗，視作不共戴天的仇敵。

當初，是他自願潛入和邦當臥底的。人人都讚嘆他的勇氣；無數流傳的故事說，義邦的特務被和邦發現後，和邦會先折磨他們，用水、用火、用鐵鉤和鐵枝，以及更屈辱的蹂躪，然後才讓他們在尖叫和痛苦的呻吟中慢慢死去。令他不顧種種險惡、一心視死如歸的，是學堂的間諜訓練課。他的間諜課中期試成績全班最劣，尤其學不會和邦人的口音、俚語和小動作。他多番被教官訓斥、被同學嘲笑，於是下定決心，每天苦練偽裝的藝術。到了學期末，他竟然間諜科成績全班第一，甚至是軍校有史以來最高分的。他不只吐氣揚眉，亦愛上了這科目。其實，就算他不自薦，上級也會指派他，成為自青年起即潛伏在和邦的臥底。

三人稍息之後，快要繼續起行了。

他抖擻一下。

不，不能拖下去。

瀑布的聲音，不絕於耳。它不是很大的瀑布，下一

個山頭的要大得多。但那一刻，它彷彿以萬斛之水和震耳欲聾的呼嘯，呵叱他、催促他。

不，我不是豆板酥！

不，我是義邦人，我不是豆腐！

他的靈魂不住在震慄。

他忽然苦笑。

我從來沒有吃過豆板酥，連它是怎麼樣的，也沒見過。

他立即拔槍，先指向參宏。

他的右腿一陣發軟，繼而是火燒一般的灼痛。

他悶叫了一聲，跪倒在地上。

子彈嵌在大腿裡，鮮血在流，與軍褲的顏色，混雜成一片不知是墨綠還是赭紅。

他望向二人：他們雙手都沒有槍。子彈不是來自他們的。

他回頭向後看：樹叢之中，他分辨出兩個槍口，以及依稀可見的迷彩面目。

兩個持槍士兵迅速撲向他，將他的頭牢牢貼在地上。

他勉力抬起雙眼，呆呆看著韓抗。

參宏笑說：「好兄弟，我們一早就知道你是他們派來的。這麼多年來，我們靠你通傳了不少半真半假的情報給敵方，你竟然一直沒識破，我很是自豪。當你向我們建議在演練中分開小隊進山，我們都看出你要下手了，也就不得不了結這台戲。」

甚麼？

　　「我說『一早就知道』，沒說錯啊，真的是一早。早至你投軍的一天。即是……有沒有十五年了？我和你一開始就是同一個營、一起受訓的，我們一直都是好兄弟，對嗎？」

　　「其實，我是從一開始就被派來監視你的。你以為你一直騙過了我，我反而一直擔心我騙不過你！」

　　怎麼可能？

　　韓抗開口了：「連我也順了他們的意，幾年來和他們一起湊興裝蒜。原來演戲很過癮的，但現在我們不得不謝幕了。」

　　參宏笑得更輕佻了：「對不起啊，兄弟！玩笑到此為止！」

　　他頭上汗大如豆，而且要不是已經失了很多血，一定滿臉通紅。他心中感到的恥辱，比大腿的傷害還要難受。

　　他強裝鎮定地苦笑說：「原來大家都在跟我玩嘛！但……（一陣吃人的痛楚令他大聲喘氣，他的臉容可怕地抽搐）但我的破綻在哪裡？說兩句也可以吧？」

　　參宏愣住了，像是遇上了一道難題。稍頃，他才緩緩說：

　　「我也不清楚啊。總之，我和當年查察新兵的反諜部上級一樣，一眼就看穿了你。我還記得，你當時告訴我，你在沙坳長大，還津津有味地說了些沙坳的風俗給我聽。我們後來到沙坳查問過，沙坳裡竟然又有人曾經認識你和你的『父母』和『姐姐』，還知道你的『家人』

都死在一樁大火中，跟你對人說的一樣。看來你們是一個小隊，先在容易混入的大鎮落腳，佈置妥當，很有計畫。但一切都沒有用，你根本是外來人，太明顯了。」

怎麼可能，怎麼可能？

「你不用怪責你自己。你說話、飲食習慣，甚至對女人的法子……嘻嘻，全都像是吃我們奶水大的！義邦的偽裝訓練很是周全，我也得說句佩服。可是──我這下子不知怎麼說了──說不定，是一個眼神、一個姿勢、一些語氣、一兩個字眼，令你敗露了。」

韓抗這時平和地說：「我第一次見你，就知道他們沒錯。你不是我們的人，儘管你裝得很用心。我邦人的口音、俚語、行為舉止，你學得極之到家，和邦的戲服穿在你身上十分合適。只可惜那是戲服，不是你的皮膚毛髮。你沒有我邦人的靈魂，就是這樣。你怎麼裝，都裝不出一個靈魂。」

「你唯一的破綻，是你終究不是我們。」

「你對於我，從來都是完全透明的，只是你比別的傢伙更不自知。」

他不想活──不只是因為他不想被折磨。他根本不想活。

他怪叫一聲，以蠻力掙開兩個士兵，再自袖中抽出一柄小刀，向士兵亂刺。

「不要殺他！」他聽到韓抗的命令。

混亂中，他找到了時機，以自己的配槍對準自己的太陽穴，一扳機，在一聲巨響中失去了知覺。

為甚麼我的父親不是木村拓哉？

勞國安

　　下課後小霖乘巴士回家。途中她拿出手機，打開木村光希和木村心美的 IG，看看她們有甚麼更新。

　　二人不約而同上載了新的相片，當中有擁著愛犬的照片、姊妹的合照、為某化妝品品牌拍攝的宣傳照和一些生活照。

　　自從木村光希和木村心美出道後，小霖便一直留意她們的動靜。因為是「星二代」，所以特別受人關注，傳媒亦爭相報道她們的消息。出於好奇，小霖也湊熱鬧一直追蹤二人的動向。

　　二人不但長得漂亮，還能操多國語言和彈奏多種樂器，也有表演天分，肯定能夠在演藝事業上有所成就。小霖比較喜歡姊姊木村心美，她的外型清純脫俗，接受訪問和替雜誌拍照時一本正經，但骨子裡卻是一名傻乎乎的少女。有時候她會瞪著眼，縮起下巴，露出門牙，模仿動漫角色。有時候她又會放下美女形象，扮鬼臉，翻白眼，裝瘋賣傻跳舞，相當討人歡喜。每次看到這些惹笑短片，小霖都會捧腹大笑。

　　前陣子她們的爸爸木村拓哉也開了 IG，短時間內便招徠過百萬名追蹤者。小霖原本不是他的「粉絲」，但因為兩姊妹經常提及爸爸，令小霖也開始留意他的新聞。看了幾齣他主演的日劇和電影後，小霖也漸漸迷上他。

　　維基百科上的資料顯示木村拓哉生於一九七二年

十一月十三日，巧合地小霖的爸爸也在同年出生。

　　雖然年紀相同，但外型上，木村拓哉明顯較年輕和健美。小霖的爸爸已經謝頂，眼角和額頭也出現皺紋。近年他不再做運動，放假時只顧吃和睡，以致腰身圍了一圈贅肉。人到中年，他懶得打扮和保養，兩三天才刮一次鬍子，皮膚乾巴巴也懶得塗潤膚膏，每天都穿同一件佈滿褶皺的恤衫上班。

　　木村拓哉很愛妻子和女兒，一家人相處融洽。他經常作弄女兒，與她們打成一片。妻子生日，他罕有地上載了一張與妻子的合照，為她送上祝福。小霖的爸爸下班後便躺在沙發上看電視，很少與子女溝通。他又時常忘記妻子的生日，每年都要兒女提醒，他才急忙趕去購買生日禮物。

　　木村拓哉工作態度認真，每次演出都全情投入，把劇本背誦得滾瓜爛熟，與他合作過的演員和導演都對他讚不絕口。小霖的爸爸抱持著完全相反的工作態度，他做事馬馬虎虎，每天磨磨蹭蹭等下班。他胸無大志，全無意欲向上爬，縱使身邊的同事大部份已經升職加薪，他都一點也不介意……

　　兩位父親，無論外表和素質都有天淵之別，一人是各方面都能做到盡善盡美的不老男神，另一人是各樣事情都得過且過的頹廢大叔。

　　小霖非常羨慕木村光希和木村心美，因為她們擁有一位能令她們引以為傲的父親（提起爸爸，小霖想到的是他醉酒時出洋相和打瞌睡時唾液懸吊嘴角的情景）。

她一邊滑手機一邊想，為何我的父親不是木村拓哉？

巴士駛到住處附近，小霖下車，準備去超級市場，替媽媽購買日用品。

小霖把購物清單儲存在手機裡，快到超級市場，她從褲袋掏出手機，查看有甚麼物品需要購買。掏出手機的一刻，手機突然滑出了她的手，她來不及抓住它，眼睜睜看著一部價值六千元的 iPhone 掉進路邊的排水溝裡！

小霖一個月前才購買這部電話。過去幾個月，她為兩名中學生補習，把賺到的錢儲起來，省吃儉用才買到這手機。現在手機與垃圾和煙蒂，一同浸泡在黑油油的污泥中，生死未卜。

小霖不知如何是好，她左顧右盼，想找人幫忙。但途人匆匆忙忙，一個個掠過她身邊，根本無人願意停下腳步理睬她。小霖急瘋了，就在這時候，老遠出現一個熟悉的身影。

爸爸剛下班，正步行回家。小霖不等他步近便跑過去向他求救，爸爸以為女兒出了甚麼事，得知事情始末後才鬆一口氣。

爸爸放下公事包，蹲在排水溝前想辦法。他見地上有幾根樹枝，於是拾起其中一根，利用它撥開手機旁的垃圾和煙蒂。清楚見到手機位置後，他在附近的垃圾桶裡翻找，希望在垃圾中找到甚麼可以利用的廢物，勾起電話繩或夾起電話。他努力尋找了大半天，但翻出來的只是飯盒和空罐。

　　日落西山，天色逐漸由湛藍變成灰藍，入夜後相信更難把電話打撈上來。

　　無計可施，爸爸最後選擇使用最直接的方法取電話。他使出九牛二虎之力，徒手移開鐵製的排水溝的蓋板，然後二話不說，脫去鞋襪，摺起褲腳，像一尾泥鰍，滑溜溜地鑽進排水溝裡！

　　他的舉動立即引來途人圍觀。爸爸上半身露出地面，下半身陷於排水溝裡。囤積於腰部的脂肪令他在狹窄的空間難以動彈，他漲紅了臉，汗如雨下，奮力併攏雙腿，幾經辛苦終於用雙腳夾住電話！

　　成功夾住電話後，他在小霖和熱心途人的幫助下，被揪住胳膊拖拉上來。他喘噓噓，雙腳濕乎乎，渾身沾滿烏黑的泥垢。小霖拿手帕替他拭汗和抹身，之後檢查手機有沒有損毀。雖然螢幕有些破裂，但奇跡地手機仍能運作……

　　回到家，爸爸立即洗澡，小霖把他的衣物放進洗衣機清洗，之後拿出消毒液，替手機徹底消毒。

　　晚飯時小霖夾了一隻雞腿給爸爸，以此感謝他剛才作出的犧牲。由於媽媽和弟弟不知內情，所以不明白為何小霖會突然對爸爸如此殷勤。爸爸見他們一臉疑惑，於是道出剛才發生的一切。他加油添醬，說自己如何奮不顧身跳進排水溝拯救電話，如何排除萬難完成這個艱鉅任務。他說得眉飛色舞，小霖一邊聆聽一邊竊笑，心想就讓他當一會兒英雄吧！

　　晚飯後小霖埋首做功課。用電腦寫論文時，無線滑

鼠突然故障，她翻箱倒篋，終於在一堆舊物中找到那隻
老舊的有線滑鼠。不少塵封的東西，堆在家中一角，一
個鞋盒裡盛載了一些舊照片。

　　一些童年照勾起不少回憶，小時候父母時常帶她和
弟弟四處遊玩，每次出遊都會拍照留念。全家去海洋公
園觀看海豚表演、在噴水池旁吃冰淇淋、在公園盪鞦韆、
去太空館看展覽……十多年前的事，只留下模糊印象，
現在看照片，才記起這些經歷。她和弟弟仍是小孩時，
父母經常對他們摟摟抱抱，外出時亦會捉緊他們的手。
小霖非常懷念被爸爸牽手的感覺，他的手暖烘烘，冬天
時被他拉著，感覺溫暖和幸福。

　　除了童年照，鞋盒裡還有一些父母結婚前的照片。
部份照片經過蟲咬鼠齧和歲月沖刷，已經殘舊破損和泛
黃褪色。婚前媽媽好像無憂無慮，在鏡頭前活蹦亂跳，
笑容非常燦爛。爸爸年輕時擁有一身古銅色皮膚，身形
瘦削，頭髮濃密，與現在的他判若兩人。其中一張照片
上的他竟然留了一頭長髮，活像《悠長假期》裡的瀨名
秀俊，原來當年的爸爸與木村拓哉都有幾分相似！

顏色

雯彬

紅色的點在每節車廂門上停滯，像極了一排不願放行的紅燈。

一隻手臂搖搖晃晃與它並行，連結成一排排車廂，然後紅燈滅綠燈車行。十字路口的交規也同樣適合鐵路：會脫軌的是人，沒有人駕駛的火車原本好好的。

紅色門背後雙手環抱胸前，站著的，坐著的，看手機的，視線不必交流。

一個蓄鬍鬚的男子，在調色盤上僅憑自私的感覺，猛抓列車啟動的光影。行駛的火車和靜止的手臂，男人不小心把半個自己畫了進去。畫外的半叢鬍鬚銜接畫內陌生的背影：自己的眼睛目送自己，還有遠去的火車。於是，火車繼續開在自己的鐵軌上，男人被留在那一刻目送裡。

土黃的煙、血紅的火車皮、綠色的帽子、眩暈的天空、灰色的月台、橙紫的路燈……色彩豐富才突顯出眼睛的孤獨。

匆匆路過月台的人們，指著這個男人，誇他用色大膽。筆下明豔的憂傷，男人自己曉得：熾熱的絕望隱藏在左輪手槍下，有必要的話，「砰」的一聲中結束此生的顏色。

那個鬍子帶點殺手味的男人其實並不冷漠，他替所有人擋下那刺眼的光芒，而身後留下的顏色是麻木嘲笑他的面孔……

浪漫華爾滋

楊興安

一

「可以教我跳華爾滋嗎？聽說你是高手。」一個十六七歲的小妹妹展開燦爛的笑容，竟然邀我共舞。我會因禮貌和舞會的女賓共舞，但華爾滋，一定要和我心愛的人或者是我喜歡的人才共舞。華爾滋是浪漫的、美妙的、令我終身陶醉的。我曾和紫水晶共舞華爾滋，是她教我的。擁著紫水晶跳華爾滋，恍如置身天上璇宮，優雅輕快得使人有飄飄欲仙之感，終夜不倦。

二

紫水晶是一位明亮、能幹、充滿朝氣的女孩子。她姓姚，名叫水晶，大家都叫她做「紫水晶」。我第一次見她的時候，以為她是男孩子。她正在搬運自製的混凝土，推著三輪泥車，把混凝土從操場推到山坡建路。她穿著格子恤衫，有點髒，捲起了衣袖，穿了一條故意弄破的牛仔褲，一頭短髮，不斷用袖子揩汗；夏日嬌陽曬得她大汗淋漓。她高挺的鼻樑和那白中透紅的膚色，散發著青春無敵的氣息，令我內心不禁讚嘆一聲：這個少年好俊！

這是我首次參加夏令營，纖巧明亮的紫水晶原來還是個組長。她第三年參加，算來是我的前輩，我和她都

是帶著一群比自己小不了許多的男女學生，建造一條水泥路。從山坡到營地中心，寓工作於娛樂，因為我遲一天入營，所以第一眼誤會紫水晶是男孩子，因而對她也特別關注。

「水晶姊，今晚交誼會的比賽，我們還未預備啊！」一個小姑娘營友向水晶說「我們一定要得冠軍的！」

「水晶姊？是紫水晶吧？」我在旁開玩笑「誰可以保證自己組必得冠軍呢？不要忘記還有我領導的一組啊。」

「雖然只得一個黃昏的時間排練，我們一定可以得冠軍。」紫水晶蠻有信心地說。

這次友誼賽，我組也希望得冠軍，但結果十分失望，經過齊心合力百般落力的敲擊合唱，只得亞軍。紫水晶一組表演土風舞，除了舞藝出眾，配合音樂妙曼外，竟惹起在座者都蠢蠢欲動，打著拍子，都欲聞歌起舞，原來紫水晶是舞林高手。

我不自覺地找機會接近紫水晶，連組員也察覺得到，但他們沒有反感。紫水晶開朗爽快，漂亮可人，誰也樂意和她接近。故意親近，誰人何樂而不為呢？

三

一次我們到海灘游泳，紫水晶穿了一件罕見貼身白色泳衣，只露出肩膀和雙腿，戴上白泳帽。修長的腿子顯出圓渾富彈性的肌肉，縱身往水裡一跳，活像一條白海豚，出色極了。我藉機游到她身旁說：

「水晶，你真像一頭白海豚。」

「是嗎？」紫水晶說「我懂游海豚式，我游給你看。」說著，便把雙腿靠攏，一上一下擺動，活像一條大白魚，轉瞬不知所終。

我好生失望，四處張望找她，但哪有她的蹤影？內心正後悔這樣討好她。只有作小青蛙撥撥水，在水中載浮載沉。突然，我被人從後面攔腰抱起，順勢竄出水面，低頭一看，原來白衣白帽的紫上晶偷襲我，不禁又驚又喜。

「怎樣？我的泳術怎樣？」紫水晶說。

「好到不得了──在水中只有我戲弄女孩子，從來沒有女孩子戲弄過我，你是例外。」我說。

「哈！我比你年紀大嘛，你怎能和我比？」紫水晶說。我正猶豫要反辯，她突然說：

「怎樣？比賽游到浮台吧，看來你又要輸給我了！」

「好！」我鼓足氣力游向浮台，結果，她在浮台邊伸出手來，拉我上浮台。浮台上只有我倆。

太陽並不猛烈，射在紫水晶的背上，現出一線光弧。紫水晶隨意坐在浮台上，一足伸直，一足曲著，手臂放在膝蓋上，支頤著下巴。胸口微微起伏喘氣，櫻唇微張，眼角含笑。她把身子一抖，遍身的水珠彈起，像朝花盈露，不可方物！我看得呆了，心想：哪一個幸運兒可以贏得她的芳心呢？

「怎麼？呆了？不夠氣？」紫水晶問。

「不！」我說。

「我想問你一個問題？希望你不介意。」她說。

「好！有問必答。」我說。

「你是不是愛上我？」紫水晶笑問。

「我……」突如其來，我不得不猶豫一下，這是我心底的秘密，也許是人人都知道的秘密，尷尬地說「我……我想，我是愛上你吧。」

紫水晶嫣然一笑，頗像意料之中，又問：

「你今年幾歲了？」

「我剛滿十九歲。」我說。

「我大你六年，剛滿廿五歲了。」紫水晶說。其實我以為她頂多廿一歲。

「明年你二十歲，我廿六歲了，你會娶我嗎？」

「──」我無言以對。我從未想過這樣的問題。

「十一年後，你三十歲，我三十六歲了，不很登對吧？二十一年後你四十歲，正是如日方中，事業有成的時候，我四十六歲了，步入老太婆年紀，你還再愛我嗎？」紫水晶微笑著說，仍不失艷色。但她說的話，像向我當頭澆下冰水。

「你……你永遠都美麗的……」我期期艾艾地說。

「是嗎？多謝你啦！」紫水晶說。隨即縱身一跳，像一頭白海豚游向岸上。

四

第六天晚上是惜別會。五六天的無拘無束，無憂無慮的生活在一起，交情特別深厚。大家都有點依依不捨。

大會是在大禮堂舉行，一列列座位前方是一排排木架，架上鑽好一個個洞，原來營友依次入座，每一個人將點好的洋燭安放在木架的小孔上。全場燈光盡熄，氣氛感人。

全營的人到齊了。洋燭在微風下掩映著點點精屬的燭光，映照出每個人臉上和平親切和依依不捨的神情。這裡沒有不幸的悲哀，但卻有不少哀傷的神色。人生散聚無常，今晚一起在燭光下唱歌的朋友，甚麼時候我們又可以相聚一起呢？我偷眼望一望紫水晶，原來她也正望著我，我心中一跳，卻聽得司儀說：

「今夜我們在營中度過最後一個晚上，大家都很珍惜我們這幾天同遊共聚快樂的時光。但天下沒有不散的筵席，在我們明天分道揚鑣之前，有一位朋友，想教我們唱一首美麗的歌，紀念我們這幾天愉快的相處，好嗎？」

「好！」一陣掌聲，把紫水晶帶上台前。

每次惜別，我們都是唱「友誼萬歲」，有時是「紅河谷」。紫水晶這次教我們唱不知名的歌，動聽而易上口。歌詞是這樣的：

> 長亭外，古道邊，芳草碧連天。
> 晚風拂柳笛聽殘，夕陽山外山。
> 天之涯，地之角，知交多零落。
> 一壺濁酒盡餘歡，今宵別夢寒。

歌聲悠悠，詞意古雅，霎時間我們的心境像蒼老許多，竟有人流下淚來。少年的我，就是不明白為甚麼天之涯，地之角，知交會零落？但想到最好的朋友，也總會有分離的時候。紫水晶明年又會來這個營地嗎？

五

冷風蕭蕭，營友都回營睡覺了，組長負責善後。我們安放好凳子，要拔去燃燒中的洋燭，我對紫水晶說：

「它照亮別人，犧牲了自己，我們便成全它，讓它們燃燒到最後一刻吧！」

「這樣很危險的，可能引起火災。」她說。

「我留在這裡，看著它發揮最後一分光。」我說。

「好！我陪你一起。」紫水晶說著，拉我到一角坐下。靜看著燃點中的燭光。其他的人陸續離去。

我倆沉默了好一會，紫水晶開腔說：

「你和人談過戀愛嗎？」

「沒有──」我說「嚴格來說，從未和人談過戀愛──其實希望和──你，可惜沒有機會啦！」

這樣浪漫的環境，竟使我無愧地向她表白心跡。

「你未愛過人，不知道愛過人的快樂，更不知道愛過人的痛苦。」紫水晶說。

「愛一個人會痛苦？」少年的我說。

「是！我遇到一個人，他英俊、強健、有才學、環境也不錯。也很愛我，後來卻離開我──」紫水晶說。

「為甚麼呢？──他太蠢了！」

「當然有他的原因，我痛恨他，我怨老天對我不公平。但過了幾年，我便原諒他。我想，這樣一個人物，老天安排我能認識他，便是一種恩賜。能做他的女朋友，是一種幸福，我又何必冀求一生一世呢？活著一天便有一天的幸福，大家相處一天便有一天的快樂，我要感激老天爺才是。再遇不遇上他，我再不計較了。」

「也許，他今天變得禿頭和大肚腩了。」我說。

紫水晶聽了，臉上變色，但隨即又緩和下來，點點頭說：「也許是呢！人會變的，誰能保證呢？——如果真的這樣，我更感謝老天，因為他最美好的時光都陪伴著我。」

我苦笑地點頭，不敢再說話。一會，紫水晶又向我說：「他教懂我跳華爾滋，今晚我教你，好不好？」

「好！」我說「我學不懂不睡覺，我們跳到天亮。」

六

紫水晶弄來音樂，真的在禮堂教我。由起步、基本步、左旋步、右旋步，一絲不苟地教我舞步。我們在千萬支燭光下起舞，午夜涼風清爽，我擁著心儀的美人，左旋、右旋、後轉、後退步，在輕快妙曼旋律中舞動。我由生疏而掌握到步法，愈來愈熟練，閉著眼睛也可以繞場一周了，心下從來沒有這樣輕快。

不知過了多少時間，一支一支洋燭相繼熄滅。禮堂愈來愈暗，只有窗外點點寒星的微光，而我的步法更熟練了。黑暗中，我擁著紫水晶被音樂旋律帶動悠然起舞，

兩人配合得天衣無縫。我倆忘卻時光飛逝，興致甚高，捨不得停步。漸漸我們見到一曙晨光，射在我們愉快滿足的臉龐，再繞場三周，才停止我們的徹夜酣舞。

自此之後，我只和我喜歡的人跳華爾滋。眼前小妹子笑靨如花，使我站起身來，牽著她的手說：「好！我們來一曲華爾滋吧！」

彩虹皇宮：
雨夜，諸神追逐一隻紅箱子——
6 號藍門的普羅米修斯

鍾偉民

　　「阿白無常謝大爺，五點過後，這段吳松街是禁區，你知道嗎？」「知道。」「知道你還開一輛車，嗶啵嗶啵打轉？」「差大哥，我是普羅米修斯，盜火的。」他遞上瓷製火炬，告訴那巡警：「要考究，該點著茴香稈送出去，就怕搞不好變縱火。」「這麼說，」見一坨腥紅塞到嘴邊，他更凝重了：「阿白……修斯，你是一邊開車，車裡一邊燒著火把？」「這是電單車。」他不憚煩解釋，車是 1967 年老古董，故紙堆刨出來，就為表演用，保證只繞圈兒，不會真開上馬路。「電單車就是車，熄了火推著，我不管，可你嗶嗶啵，嗶嗶啵，一路騎一路磕碰，這車不扣押，就是個隱患。」初時這白衫巡警沒入戲，只作態要發一紙告票交差，見人多圍觀，興頭就來了。

　　「放我一馬。」米修斯求他通融。「欸，你還有馬啊？」他一攤手，滿臉無奈：「馬我管不了，那是食環署事務。」說著擠開他，奪過電單車扶穩了，一個後蹬踢起支架，離合器一握，就鼓了腮，啵啵啵啵的，只噘著嘴一個勁兒噴死氣。搭著把手推出丈許，不忘扭頭撂下一句：「肯定沒驗車，擋泥板爛掉，油箱漏油，不散

架不爆炸，也算稀奇。」遇遊人阻擋，還勃勃！勃勃！
裝著按響那老式喇叭，搖搖晃晃，推著破車入了橫巷。
他追出十餘步，大牌檔帳下滿街的流水席，吃辣椒蟹的
幾把去路堵死。撲眼的蒜香煙障裡，他心中空落落的，
那巡警的赫現，不僅帶走他的謀生工具，還毀壞他脫俗
的默劇情節。盜火者騎車傳遞天火，就像速遞薄餅一樣，
緊接上騰地氣，但眾目之下，他用演技擊潰他，把他的
坐駕推入死胡同。

　　待退回原地，他傳火種那段步行區，忽已泊了十幾
隻行李箱子。方才沒撿走地上盛打賞的布袋，難得幾個
讀了專訪來看表演的，替他保守住，幾張小鈔，一把鋼
鏰兒還在。他道了謝，在路邊歇著。那紅頭瓷火炬，那
白袍，那厚粉埋沒的臉，那尼龍白鬈髮和鐵線衣架扭成
的荊冠，一身裝扮，雖沒經典的裸體造型誘人，到底也
算招眼。多齣十港元膠鈔，瘀青醬赤，像極了死屍剝落
的皮。「說鈔票是城市臉面，長這種臉，能活得長？」
他暗笑。遊客找換得來，沒有不急煎煎扔晦氣似的，一
塊塊扔進他腳邊豁開的袋口。

　　「搞藝術，你知道的，一向沒討飯的能掙錢。」抬
頭，對面二樓一框霓虹，藍幽幽的，框住熱點性商店的
玻璃牆。伊俄一頭桃紅，同色蕾絲內衣，兀自分腿站在
玻璃前，左手一串暗黑小圓球，右手罩向他，一個總是
在撫慰他的姿勢。油煙嬝繞，辣椒蟹檔上虛懸的這包廂，
她是唯一俯視他的觀眾。宙斯鎖他在高加索山危崖，派
一隻鷹啄他肝臟。他肝鬱，抑鬱病治不好，是後遺症。
對伊俄，宙斯也狠毒，他強姦她，把她變成母牛。牛做
夠了，就隨他掉入紅塵，在這油麻地受罪。他就地乞討，

沒出息，她看著會難受。她天天看，知道那輛車對他的重要。

1967 年，紐澤西空軍上校維南奇空襲北越，戰機在河內墜落被俘。在戰俘營他做了還能做的事，他虛構了一輛電單車，一有機會，他就騎車在囚室之間馳騁，遇上坎坷，還會摔下來。同袍喜歡他，守衛不在意他的癡傻。那引擎聲，那絕望和羈絆之中響起的嗶嗶啵，嗶嗶啵啵！再適時穿插幾下轟隆！轟隆！那樣地提振人心。但演出太受落了，守衛不得不叫停，理由是：「對其他囚犯不公平，他們不像你維南奇一樣有電單車。」像那巡警一樣，他把車推入黑房鎖起來。

世道不同，過去戰俘住牢房不繳租，會盼到終戰，維南奇在戰後，就贏得一面銀星勳章；而他，卻必須在沒盡頭的幻境過活。真實，與他為敵，他唯一的真實，就是深水埗某唐樓上那一個籠子，他每月苦幹，就是維持那籠子對他的困囿。籠屋困死他，坐久了，箱子攏過來，也堵得他出不了重圍。附近多賣藥賣化妝品的，大陸客在萬寧卓悅等鋪頭購了物，都在面前分貨裝箱。鑲了輪子的倉庫，沒窗戶的秘密房間，一個黃毛丫頭騎在箱子上，咔嘎咔嘎滑過去，天曉得這大葫蘆裡，還悶著甚麼？

「阿維納斯，昨晚我看到你，頭頂靈光閃了個通宵，覺得可以拍一點虛的。今天你不開車，那正好，就看你能不能……」「我是米修斯。」他抬眼望著排開箱陣，逼近面前的男人。太陽落山，還戴副墨鏡，不是瞎子，

自然就是搞電影的。果然他說：「我是彭導演。」笑著申明來意：「修斯納斯，有個斯就成，我不拘泥。我們在那邊拍戲，宵夜外景。你渾身白雪雪，又握著拳頭大一朵表現主義的紅玫瑰，這愛神賣相，我服了。你肯來客串，飯桌上飛來飛去獻獻花，有實有虛，場面就有深度。這戲我擔演一角色，就為省錢，今晚省下的，都歸你如何？」他想了想，維納斯和米修斯，要飛的話，姿勢該相近，就那火炬……「頂上太尖，不像花瓣。」他慮得周全。「你表現得像送花，看著就是花。」導演說服他，要他稍後過去。

火餤，是今早用箱頭筆塗的，以前連手柄一色瓷白，有更離譜當他推銷軟雪糕的。塗紅了，好事壞事都趕來了。興許臉太蒼白，那悲傷觸動人，布袋源源進錢，再坐下去，乞丐就做定了。不能展現車術，他可以擺姿勢，裝個樣子。他站起來，向包廂伸出火炬，那餤紅，點著了伊俄的假髮，他們倆，遙遙的相對燃燒。但濕翳天兒，僵住十幾分鐘，感覺已過半年，整個兒糊掉之前，路過的，箱子上坐的，八成當他自由神像，有合什來拜，有情急的跪著磕頭，原來都求移民順遂，早得綠卡。「我米修斯，不管遷徙入籍。我要傳的是……」是甚麼呢？他暗問。信念？火種能存續的信念？他開始動搖，篩糠般亂抖。

喘過氣，撿起紅磚地上幾撮零碎人民幣，一袋霉腐束在腰間，走幾十步過了臨時熟食市場，萬國歌座裡，臨時歌王臨刑般嚎完，北海街頭燈火耀眼，彭導演已在

樂生園門前喧呼調度。荷里活的才去，拍港片的又來，這影城長住的，過路的，樂意不樂意，都得走走過場，愈活愈入戲。一個月前，他就住樂生園七樓，升降機小，電單車進不去，沒演出都泊在電梯糟旁邊。住過的劏房未見招租，他有一幅自畫像塗繪在夾板，覆著釘上藍牆，忘了撬起來帶走，等聯絡上房東，得去取回。劏，就是屠；劏房，卻遠比屠房障翳。他習慣穿戴停當才出門，播完種回去，臉上照例溶得不分青紅皂白。住了一年，其餘六房住客見他都當見鬼，他沒必要讓真面目貼住那藍色鵲巢，等鳩佔了揭出來墊鍋吃麵。

這時，行人道上孤伶伶擺了一席，兩瓶啤酒三道菜，燈下新鋪一幅格子桌布，卻跟四圍格格不入。大奶子演員對面，椅子上擺了半個模特兒，該是隔壁印度服裝店借來，方便看構圖和明暗的，下肢不存，但紗籠上珠片的浮光潑眼。「要下雨，趕快就位！」導演見了他，手搵著風發話：「阿維納斯，你去綁一條威也（wire），一會吊臂擺過來，吊高你十分鐘。你浮一下，挫一下，給我飛出一個鳥樣。我筷子一擲，你就倒頭衝下來，送大奶一朵花。」朝那演員勾勾頭，就退近飯桌，抱起椅上一截殘軀，邊推給場務邊吩咐：「墨鏡一摘，我就不是導演，是禽獸，只想㑁死大奶鋸成九塊，再箱子藏屍。趕緊拍，這頓飯，一鏡到頭。」對白，沒預留給他，來人替他束了索帶，忽然兩腳就離了地。

一輛警車挨路邊泊著，吊臂勾著他過了車頂，十字街頭黑壓壓已全是人，都向光亮處推攮，要看這虐殺前，

襯托用的歡娛場面。「全世界安靜！」號令下達，琴音冉冉升起，原來以前住他對面劏房的白松香，挪了凳子，坐近那大奶椅背，正抱著大提琴奏樂。該是在萬國歌座獻完藝，也讓導演見了即興抓來的。除了有實有虛，一鏡包羅天上人間，還有雅有俗，算是一鍋雜燴。白袍鼓風擺盪了片晌，到離桌面十呎，腳下就一盤椒鹽瀨尿蝦，一碟煎釀三寶，禽獸導演給女人夾了釀茄子，就涎著臉勸酒。他擺了個橫飛的姿勢，入耳是松香拿手的《玫瑰人生》，琴音裡，所有動作都隨節拍變慢了，燈火如潮，滔滔的把人從八方送來，都起落有序。

在這一條老街的主旋律上，他看到袁良月。他是先看到那棗紅行李箱，再看到他的。大概沒料到擠過人牆，前路卻絕了，密密擋了一重都是看大奶吃蝦的。居高下瞰，那箱子就像一把紅鎖頭卡住他。他進退不得，原地陀螺轉，顯得有些慌亂，抬頭見了半天吊著的米修斯，即換了臉擠出笑容。月租六千五的劏房他租不起，退到深水埗住籠屋，月租省一半，床鋪上層鐵絲網圍了三方，鼾雷痰喘裡，開一面供他入網。同款的大號箱子他也有一隻，色深藍，佔了半張床鎖住了全部家當。舊單位六百多平方呎，架了十四個住人籠子，廁所共用。

他在附近吉永冰室第一次遇上良月，那天他帶完甚麼凶案導賞團，榕樹頭擺檔玩靈鳥占卜的林雀，陪他吃夜宵，沒想到盜火者就坐在鄰桌，蠟像一樣等一碗通心粉。林雀介紹他們認識，良月是寫文章的，在報紙編文教版。聊得深入，想到《住籠屋的米修斯》這題目諷世，

就遣人去採訪他，拍了些他縮在籠裡的情狀。圖文見刊，果然多了專誠來看他的。他手上火炬，良月送他拍照用，說是團契訂的裝飾物，代進了一批，分他一把無妨。「骨瓷的。」他說，瓷泥裡攙了四成豬牛的骨灰，能造得薄，透光度好。「我看把人骨搗成細末拌進去，低溫燒，效果一樣。」他唏瑟地一笑。那骨瓷帶青氣，他其實覺著一點陰森。

那夜，良月襟上就插了一大朵白菊，這會子兀自開著。他把火炬掖進腰帶，為表達謝意，十指輕靠擬了一個心形，兩臂徐徐舒張送出去，舞蹈一樣，肢體的隔空傳情跟樂曲配合無間。沒看清良月反應，他身子一挫，低頭見導演擲了筷子，鋼索直縋他下去。他收攝心神，即時作勢俯衝，但縋得急，骨瓷的紅頭幾鑿上大奶額頭，才戛然煞住。她停了筷，嘴張著接過天降的「玫瑰」，臉上驚而不喜，沒反應過來，米修斯已出了鏡，像多擠出來一截牙膏，倏地讓陰影倒吸了上去。

回到高處，卻不見了良月，該是循來路退後，另覓去處。然後，他見到醒叔，人潮裡時隱時現，走幾步就停住踮腳張望，似乎要追上甚麼人。平日沿廟街走，經過晶晶女子理髮的招牌下，樓梯口坐著的醒叔總兜攬他：「一個長得好，一個服務好，一個……總之，你演完白髮魔女，就過來玩。」他帶一個嫖客上樓，姐兒們會賞他一點錢，盜版影碟店不僱他頂罪，就幹這餬口。「都說了，我不是白髮魔女，我是……」話未完，他就接腔：「我記得，愛麗絲嘛，你也記得來捧場才好。」正想著，

醒叔已擠過來，仰臉朝他喊話。讓場務喝止前，好像說在找人，那人拖一隻紅箱子。他點頭表示看見，搖頭是指去向不明，再勾勾頭，算提議他朝南京街那邊去追。醒叔只攣眉擺手，靠向前排五個警察。

聚光燈照過來，頓時燒著了一般，到底知道張開手，曲了腿，佯裝要飛返天堂。飛了半程，田中富現身了，還笑著朝他豎起拇指。怎麼在人間當起了警察？制服黑白分明，明顯不屬於這年代。過去樓上一屋七劏房，房門分七色。阿富斗室那黃門，斜對他藍房間。某天，黃門沒掩好，覷著眼往縫裡一探，卻見他只穿了三角褲衩，在褥上仰著午睡。人是偏瘦，不想那陽物比搗藥的木槌還大，貼著小腹越出綺夢的邊界。他第一次動情，對象是個男人，卻總覺得可以隨大流走直路；而且，他不抗拒女性。第二次真去睡了一個女人，睡久了卻眷念男人的莽撞，緬懷五大三粗的緊湊和酣暢。回復獨身，他逐漸寬待自己，直視對陰戶的疏離，在男左女右的岔路前，他不再徘徊，不再壓抑抬頭的欲望。

門縫中這一窺視，入夜，他果真夢到讓這樣一根陽物肏了，一根黑得看不見，長在一匹黑豹身上的陽物。他感到滯脹，盆腔灌滿了夜色，星子透著鐵鏽的腥味。醒來，發覺夢遺了。夢裡他沒掙扎，匐伏著承受，那結實一團黑暗，扭頭去看，卻長了阿富的臉。「女人熟了，就是好吃。」阿富真把他當女人來搗播，他覺得稱心。黃門裡養水母的玻璃缸旁，奇在還有一個玻璃罩，罩住一根矽製七色陰莖。既然供奉，他該知道彩虹，是

專門反映同性愛的天氣現象，作為聖物在媒體招搖，雖亂人眼，但條紋疊上這挺拔一莖凝膠，倒不落俗。他三十三，大阿富十二歲，心事不同，不可能一步邁過劏房間的壕溝，直接去破門。他覺得阿富心底好男色，卻羞於承認，他要的，是循循善誘。

聖物阿富不會平白奉送，借來寫生，他倒爽快應允。他抓住底部吸盤上兩顆軟蛋，含笑問他：「承受得了？」「擺著看的。」原來他打理的影碟店，午夜後會讓周圍的攤檔存放貨物，十二車貨，各取月租一千，也幫補了鋪租。街檔要一車車推回來，大半他操辦，那彩虹雞巴，是某一檔貨堆裡掉出來，他回頭發現撿的。「賣情趣用品那……那妞兒的東西。」他覥腆地一笑。「這樣罩著供養，甚麼居心？」他感到挫敗，冷水澆來，還是臉上厚粉護住他。「沒包裝，一大條軟耷耷晃著，不好還人。」「就不能悄悄塞回去？」分明存心扣著玩味那餘澤。

後來，他對阿富寄情的情趣妞，自然多留了神，入黑總見她在榕樹頭設防，守在堆垛起來的一車淫具後。他臨摹了釘牆上那一款，沒賣了，說來貨貴。他挑便宜的幫襯，要了蛇頭狀的膠套，套住龜頭，也真應了一個頭頭是道。「阿宙斯，你有屁眼的吧？撩得深，算你神仙也站不穩。」她彈著套梢那蛇信子，難得來了戲裡人物，瞧半天才憋不住訕笑。「我是米修斯。」他伸冤似的：「讓屁眼宙斯害慘的那個。」「未收屍？未收誰的屍了？你真是……」夜色裡，她的笑也撩人，他脫口咕噥道：「怪不得阿富迷上你。」她其實沒見過阿富，也懶得問。

燈光白熾熾地漫開去，他看到阿富身後四個警察，高矮肥瘦，制服就一個稱身。阿富有幾個中學同學，聽說在他影碟店隔壁麻雀館做睇場，做雜役，該是結了夥，開小差溜出來掙外快。其中那身形似阿富的瘦警，就是他，開鏡前沒事找事，到他的場子去執法，把電單車充公了！不過，既是老熟人同夥，或者，他可以去求情，要他揭開黑幔，把車開回來還他。他向這瘦警打手勢，卻見阿富挨著他耳語，說完，帶頭推搡著排開人牆，似聽到甚麼要緊消息，匆匆隨醒叔向佐敦那邊走。遠方閃電，下雨了。曲子奏完，他讓人縋到地面。等鋼索解開，向松香揮揮手，回頭，一個披橘子色薄毯的紅髮女人，忽已擋在面前。「伊俄？」他暗自納罕，伊俄怎麼真從櫥窗下來了？

「阿耶穌基督，你升了天，有沒見一個男人拖著隻紅箱子？」「你怎麼也喊錯了？」他低聲糾正她。「基督米修斯，那箱子大紅鎖頭一般，你該見到的。」伊俄道出他心中的比喻。他點頭，說那人叫袁良月，幫過他。「就那廝，一直躲我，今兒不能讓他逃了。」甚麼關係？他一臉疑問。「邊走邊說。」她探出一隻手去拉他，「導演喊我花癡，癡不好，叫我阿花吧。」她要找拉箱子的良月，他要追推走電單車的假差人，不僅同路，要是那輛車失而復得，他馬上可以開足馬力駛過去，幫她攔截那紅鎖頭。

擠到外圍，一街打傘的，他卻擎著那火炬，認真替她擋雨，阿花笑問：「骨瓷的？」連這都知道？算有見

識。「你知道骨瓷裡頭有甚麼？」「骨頭，動物的骨頭。良月說的。」「鬼話！那是人骨。」阿花透露他殺的人多，都埋入海邊工地。講究起來，會拿來盛飯載菜。「他以前侍候我，杯碗瓢盤，用的都是骨瓷，女人骨灰造的，據說也是大學生，都有些學歷。」趔入南京街，他就仰頭看性商店，她有點不悅：「你不相信？」「能不相信？」二樓櫥窗的伊俄，這會兒竟不見了。千年的夙緣，就搭一條毛毯匆匆下來，來得半遮半掩；而她假髮的紅和他的白，怎麼看，都是一套的。良月留下的一條紅色虛線，未抵上海街就消隱了，到岔口沒見到人，正左右徬徨，「佐敦有他去過的教會。」阿花拉他轉左。

醒叔告訴扮差人的阿富，他世侄女，就是榕樹頭擺檔的那情趣妞，拖了一箱子性玩具去街頭賓館，說給一個編輯拍照用。他覺得不對勁，守在賓館樓下一個多鐘頭，卻只見那戴黑框眼鏡的男人，拖著她攜去的棗紅箱子下來，搬出升降機，搬下十幾級樓梯，看來很吃力。「那麼沉，除了是我世侄女，再塞了堆假雞巴，你說，還能是甚麼？」說男人見他過來阻攔，走得更急。他滑了一跤，再追，那人已鑽到一場戲的光影裡。阿富聽了心裡焦灼，管不了敷了粉，著了過時制服，醒叔一去，即率高矮肥瘦，走出維納斯投下的陰影。「救人去。」五個臨時警，懵懵懂懂見路就走，趔進南京街，到了上海街右轉，人就寥落，一地潺潺燈影，愈遠愈陰濕。

盡頭紅綠燈前，一隻大箱子紅得好潤澤，好搶眼，魔術師鋸人用的道具箱一樣豎著，揭開來，肯定就要掉

出一截肉體，而且，例必是女人的肉體。拖箱子的男人穿連帽黃雨衣，聽到急驟腳步聲，綠燈前稍一回頭，阿富等人已搶上來，吆喝著要他止步。「箱子藏了甚麼？」「就謀……謀生工具。」「我看你是謀……」殺字沒出口，見箱子貼了個黑骷髏標誌，阿富更是心裡發毛，「別……別告訴我她……她死了。」他跟那妞兒，從沒這麼親近，就這一殼之隔，摸上去，連水珠都似有餘溫。如果倒轉了塞在箱裡，她的臀肉，離他指尖就一厘米。這是生與死的距離，沿著夾縫剝開，他孕育的愛情，就顛倒著誕生，或者，赤條條地枯萎。

　　「開箱！」阿富定了神下命令。「不能開。」「開！」胖警兩步邁過來，大手篷一聲拍上箱腹，悶響過後，傳出一陣噪動，竟似有東西拍擊著回應。「大佬，有動靜，是人是鬼，撬開了救出來再算。」斥喝著要搶那箱子，雨衣漢燈影下看清各人，不由得失笑：「沒戲分，來消遣我啊？」見那幾張臉白得反光，警帽簷上皇冠徽章，正隨佛具店外一龕電紅燭變色，爛肉一樣搭著，瞧著膽怯，只想勸退來擾的：「前朝警察，搞這世代良民，不怕笑話？」「這叫假戲真做。你不開箱，咱們跟你沒完。」瘦警阿貴說。「快開！悶死了告你謀殺。」「有孔透氣。」這一回應，等同招認藏了要呼吸的活物。

　　「沒人能拖走你。」他攬住那紅箱子，輕拍著探問：「我是阿富，每晚替你推貨去寄存的。你可能沒見過我，不過我……」還有衷情要訴，背後傳來呼喝，抬頭，一個穿藍制服的來了，抓著藍得發黑一頂鴨舌帽帽簷，逢

人就兜頭兜臉遮過去，竟像個行乞的。阿富對現世差人沒好感，見他把阿貴等人逼到牆邊，回身要來揪他，他不發作，反伸手求援，「手足，我懷疑這箱子……」阿富握著把手，只覺和箱中人連成一氣，他不能讓這披黃雨衣的，把一塊結實的未來拖走。「塗得鬼差一般，冒警滋擾人。這是重罪，知道嗎？」巡警問他。阿富心想：我冒也是冒舊時皇家警，你喪家警管得著？嘴皮上還是讓著他：「我們拍戲的，是演警察，不是冒警察。」「你怎不演個署長我瞧瞧？你演一個高級的，我好聽你差遣。」他瞪著阿富：「身分證拿出來！」

他制服換得急，證件甚麼的沒隨身揣帶，阿貴犯過小案也不好讓他盤查，但情趣妞，可不能放著不救，只得低聲下氣求告：「先開箱成不？沒藏人，要拉要鎖由你。」「馬上走！不然，都跟我回差館。」他手按槍柄，一副要除暴安良模樣。眼看不走不成，阿富示意各人退入橫巷，再伺機回頭擒凶。「你不是拍戲的吧？」巡警問雨衣漢。「我編劇的，吃不飽，甚麼都做。」「走！」他黑帽一兜，見他扳下箱子，竟似有尖叫傳出，才驚覺事有蹊蹺，連忙從後拽住他，「差人假，話原來不假，差一點讓你過關了。」戒備著，要看他藏了甚麼。「聽我說，這會子開了要嚇壞人，那場面，差大哥你不會想見到的。」「作賊心虛，我就是要見見。」為防生變，他馬步紮穩，死盯著他，連槍套的扣兒也開了。

另一邊，到上海街左轉，急趕了一程，淅淅瀝瀝撲面是萬盞燈，米修斯犯嘀咕了：「箱子真載了人，不似

會走這一條明路。」腳步放緩，瞟一眼紅髮阿花，雨絲
細長，竟像有一根鉤住她嘴角，要她一路笑著。「所謂
繁華，不過是兩座廢墟之間，偶然燒起的鬼火，早晚要
暗下來的。」她突發的文藝腔觸動他；腔有了，文藝一
般就在附近。他搞文藝演出，這調調討喜。阿花挨近一
家老藥店楹聯，就陰影下理順披搭的薄毯，掩映間，毯
下原來光溜溜不掛寸縷，連跟假髮襯色的蕾絲內衣也脫
了。乳尖收斂一點，就亦男亦女，是他偏愛的婉孌心頭
好。「導演性急，衣服脫慢了挨罵。」見他楞著，只解釋：
「沒轍，我戲分多。」她說，差點讓他那骨瓷鑿中的大
奶子，下一場，導演就會帶她上樓，會用一枝墨水筆捅
死她。捅之前，她做替身，就負責讓他虐打完強姦。

　　「那彭導親身演的，就是良月。戲都據他犯過的血
案改編。」她以前賣書，良月去書店看書看上她，她第
一次就是給了他。「別看他文弱，床上變了臉，肉都要
讓他摳出來。他換了報館，躲我，好在終究讓我盯上。
他這樣拖一隻箱子，不會有好事，肯定載了人。那廝有
潔癖，放了血灌洗乾淨，才會拖回巢穴藏著玩。」「能
這麼殘忍？」他不敢置信。「他就試過扒光我衣服，塞
到箱子裡用棍子敲，敲得我聾了，渾身瘀青，還不讓出
來。他殺人，一直在殺人。這齣戲裡，那大學生逃跑過，
在樓梯給逮住，吃一頓榔頭，掉一批牙，倒拖回去還得
讓他作賤。不過，現實的他，只弄死貪生的，死翹翹挺
直了要他殺，他就洩氣。我由他打，勸他打，打我不走
他自己先溜了。」阿花一口氣說著。

「良月三四十歲。上世紀的女人，他怎麼去殺？」算起來，該還在襁褓，指控未免牽強。「他就是有辦法。」她笑容倏地斂起：「你還是不相信我？」要不是圖書館門關了，她馬上推他進去翻舊報紙。「你看了新聞，就知道他陰險。」她搜羅的圖文，都顯示良月行事縝密了，但瞞不過她，他喜歡菊花，案發現場總遺下菊花；尤其清明前後，遍地佐證。她湊近他耳邊，說他還把一枝肥大白菊花，插她屁股眼裡。「壞透了，說受得了，等生日就在那兒種玫瑰。」瞟一眼他擎著那一坨腥紅，笑問：「我今兒就做壽。巧不？」他傳的，不是要刺傷她的玫瑰，她該知道。誤解，保鮮膜一樣裹住他，一重掩一重，膜裡有自己遲緩的生滅，他沒理由撕破它。

兩人站在廊簷下，四顧不見良月。阿富和四警多半背道去追，如果沒逮到人，他和阿花更不能撒手，也不等雨歇，快步橫過了佐敦道。「人捕獲了，你怎處置他？」「折磨夠，由他爛在我屋裡。你說呢？」「就想道個謝。然後，要煎要煮，聽你的。」他沒洩露良月在哪辦事。興許，她愛在人海裡找他，像夜霧下，一艘船偏執地要找一座礁區磕上去。「咱們在一條船上了。」進了寶靈街，她一身淋漓，卻忙著描畫新生活的圖景：「以後一起去逮他，逮到了一起宰他。」

在一家古董店前，他們停下來。店打烊了，窗櫥原來擺的盔甲，撤換成一襲古老潛水服。街燈昏昧，潛水頭盔罩下來，銅鐘一樣壓住假人肩膀，鐘頂喉管接上密封皮衣。頭盔三個窗洞，兩邊小的有窗格子護著，兩百

年過去，銅綠還在蔓生。雨裡，一間防水的，比他那籠屋還小的流動囚室。穿上了，大墨魚背後來襲，他得抬起穿鉛鞋的腿，僵直地轉身。會不會太遲了，再一次捲入濃稠的夜色？他竟然讓一襲工作服撼動，他覺得自己一直頂著這座潛水鐘在陸地上行走，重壓之下，他轉不過頭來回望過去。

　　他決定攢錢投資這一身行頭，塗黑了臉，全副裝束聳立在鬧市，不再傳遞甚麼，只飾演一套空洞的潛水服，那凝滯的虛空，肯定會讓他多掙錢。「這身防火衣，你會穿得好看。」她說自己陰虛火旺，大夫都確診了，消防員能治她。他沒斟酌她的話，那紅假髮，橘毛毯，映上玻璃櫥，赫然就是濕地燒起的一團火。這團火，他不會再拱手送人，夜長了，他得留著取暖。以後，到吳松街看他的，該會樂見盜火者穿了潛水服，吱嘎響著，藏在幽晦裡跟一團火慢舞。「該回頭了，還有戲得演。」她騰出一隻手，他看到那隻手挽住潛水服的長袖，在玻璃櫥的疊影裡，靜靜結了緣。

　　回說上海街另一頭，在巡警脅迫下，雨衣漢開了密碼鎖，卻遲遲不肯把箱子揭開。「差大哥，你書沒讀過，戲總看過吧？潘朵拉盒子，你該聽說過的。這東西，就是潘朵拉那盒子，我再說一次，是開不得的；一打開，甚麼梅毒、疱疹、狗官、金錢癖、肺癆議員……天底下所有禍事，呱啦呱啦，全結夥飛出來。到時候，白的變黑，警要變賊，你這威風……」「住嘴！我也再說一次，你阻差辦公，再拖延，我開槍打你的頭！」「我開……」

見他紅了眼，殺氣騰騰，雨衣漢再不敢囉嗦，他蹲下來扳起一對銅扣，箱蓋啪一聲翻開，即抱頭退到騎樓下。驀地，腥風夾著尖嘯，颼颼颯颯，直撲那巡警。他眼前一黑，剎那間，讓罩臉一團陰雲，不知道摑了多少個巴掌，驚喊著尿了褲子，三魂七魄隨一片亂影迴翔了兩匝，就湧向甘肅街頭幾株老榕的樹冠，忽散忽聚的，投向海濱那一牆黑幕。

「甚麼東……東西襲警？」「蝙蝠。」雨衣漢一臉沮喪，看著幾隻悶壞了飛不動的，「好了，連希望都沒了。」他埋怨著，說放蝙蝠是導演意思，嫌放白鴿矯情，氣氛不對。晚一點，等雨小一點，大奶子親身上陣，脫光光逃命，本來要放這一兩百隻試效果，以後殺人殺得狠，就當場放一批。都是吃水果的，不咬人，腎虧了熬湯吃能壯陽，曬乾了藥用的好買，拍片要用活的，得有門道。「你以為容易？做編劇，錢一就收不足，一就收不到，不做道具幫補，吃香燭能飽？差大哥，一場戲你搞乏味了，我還得拉隻空箱子回去請罪呢。」巡警怔愣著聽他說完，知道損了電影創意，褲襠裡沁涼，帽檐拉低，夾尾去了。

不過，蝙蝠也不全是白放的，有一趟聚合，就化為醒叔頭上一貼黑雲。他沒像米修斯和紅髮阿花那樣，到了上海街就轉左，也沒隨五個皇家警轉右，他嗅到良月路上留下的菊花味，那殯儀館獨有的腐熟氣息。他看見他披了連帽黑雨衣，過了馬路，他認得那行李箱，於是，仍沿南京街趕上去。良月挑僻靜處急行，他追得喘不過

氣，頭上一陣噪響，成群蝙蝠已掠過他，追著消毒水的幽甜，撲近前頭那一箱濕透的棗紅。良月早察覺有人盯梢，盤旋翼影下，一個打著黑傘的人，雨再大，就整個兒要化掉似的。

再往前走，工地前有圍網豁了口，良月跟蹌扯了箱子進去，醒叔小跑著尾隨，他更確定箱子裡藏了人，隔著胎衣，隔著血淋淋一層膜在呼喚他。他不是去救死，是去接生。鐵絲網內，雜草萋萋，怎麼突然浮出這樣一座荒野？分明有過樓台店肆，都哪去了？他迷迷糊糊走著，亂草隱沒了那點紅。遠處，三屏迷濛燈火，沒屏蔽的一面，彷彿傳來潮聲，不是蝙蝠在拍翼，盡頭該就是大海。良月要把箱子沉海？人活著落入潮流，還能有救？

在這片廣漠的腐土，他楞著，一傘黑菌似的孤獨。然後，連續的悶雷，閃電了。他頂著風雨，還要追逐。驀地，背後一陣窸窣，他頭殼裡轟響，一輩子沒聽過的聲音，震波在顱內傳到眼窩，三面遙遠的熒煌，剎那間熄滅。讓雷殛了？給偷襲了？漆黑裡，他嗅到菊花的甜香，那樣熟悉，卻濃郁得不合情理。不知道過了多久，他睜開眼，四野空寂，乾草上，月圓而皎潔。怎麼會杵在這兒？他想不起來了，好像是某天擅離了崗位，而廟街某一幢老樓陋室裡，有三個女人，「一個長得好，一個服務好，一個肯將就，就都好。」她們仨，還等著他招攬急色的過客。他茫然走著，一路走，那荒地竟一路長著肥壯的，白得像骨瓷的菊花。

28-7-2019

瘂弦詩中的「女性關懷」

王芷茵

　　瘂弦是五四文學以後華文詩壇的一個傳奇。大學主修戲劇，後加入台灣創世紀詩社，1959 年在香港出版第一本詩集《苦苓林的一夜》，1968 年易名出版為《深淵》，1971 年再版，直到 1981 年增訂為《瘂弦詩集》。全集共 87 首詩，收集自 1953 年到 1965 年間跨時十二年的創作，1966 年停筆至今。僅通過一本詩集，瘂弦屢獲殊榮，在台灣詩壇地位崇高，幾十年來屹立不倒。龍彼德評論道：

> 　　瘂弦是驚人的。他以一本《深淵》享譽詩壇三、四十年，至今仍然具有廣泛而深淵的影響力，在五四以來的新文學史上，一時似乎尚無他例。[1]

瘂弦何以能夠享有學界如此高的評價？他的詩的魅力何在？對於台灣詩壇甚至是中國現代詩的價值又何在？本文將從瘂弦對於女性的書寫所體現的「女性關懷」，討論瘂弦的創作特色與詩壇地位。

　　瘂弦原名王慶麟，1932 年出生於河南南陽，少年從軍，後隨國軍到台灣。這段軍旅見聞與地域的移動為瘂弦後來寫詩提供了重要的素材，並滋養了他的人文情感與關懷：

1　龍彼德：《瘂弦評傳》（台北：三民書局，2006 年），頁 372。

　　我常想自己為甚麼會寫詩，一個土頭土腦，甚麼都
不懂的鄉下孩子（……）一路上的流亡生活，見到許多
前所未見的，殺戮、搶劫，人性的卑微、國家的危難，
以及自己身受的痛苦和委曲（……）這是一股巨大的力量，
使我因流亡而麻木的感覺復甦，我開始瘋狂地寫，寫，
寫！寫我們苦難的民族，寫我們蒙辱的山河，寫北方古
老的鄉莊和大野，寫戰爭，寫愛情，寫我們這一代中國
人的悲憤和吶喊！[2]

　　瘂弦的作品題材非常豐富廣泛，特具中國色彩的如
〈在中國街上〉，異國情調的如〈印度〉，大人物如〈上
校〉、〈故某省長〉，小人物如〈水夫〉、〈乞丐〉，有
描寫戰爭的〈那不勒斯〉，也有記錄市井生活的〈三色
柱下〉（理髮師）；〈紅玉米〉像一首北方的鄉土民謠，〈復
活節〉是一齣台灣街頭的電影，〈殯儀館〉是對母親的
留戀，〈如歌的行板〉是對現代生活的反思等等。正如
台灣詩人余光中對瘂弦詩歌的評價：

　　北方之民謠風味、歐美之異國風格、奇幻之花草意
象、浪漫之水手生活、傳神之人物速寫，還有文白對位
之奇幻句法、北地方言穿插翻譯口吻之文體、音調呼應

2　瘂弦：〈我與新詩〉，《台灣現當代作家研究資料彙編——瘂弦》（台
　南：台灣文學館，2013 年 12 月），頁 113。（原載於《自由青年》，
　第 35 卷第 1 期，1966 年 1 月）。

隱喻起伏之手法，在在都令讀者驚喜難忘。[3]

　　瘂弦的詩手法多變，特色多元，難以歸類或歸派。一般對於瘂弦的寫作風格分為兩個階段：早期啟蒙於五四文學（特別是何其芳），多以抒情詩為主，主要是懷鄉憶往，擅長輕柔甜美的語言意象，如〈我是一勺靜美的小花朵〉、〈紅玉米〉、〈鹽〉、〈秋歌〉、〈土地祠〉等；後期受西方作家影響較深，如民謠式詩風、超現實主義的語言和當代西洋小說，加上個人民族文化內涵和主修戲劇的經驗，創作出獨特的異國風采詩作和對現代生活的感應與批判。[4] 不管是對瘂弦創作風格、語言運用還是情感內容，一直以來都有過豐富的討論和研究，然而卻很少全面地提及他詩中對女性的描寫。瘂弦詩中的女性書寫非常多，不同身分、不同社會地位、不同個性等，女性的形象塑造擴展了瘂弦詩歌的廣度和深度，是研究瘂弦作品一個不容忽略的重點。以下將從瘂弦以女性為主的詩一一分析。

　　在《瘂弦詩集》中出現不少女性，婦女形象的有典型的少婦，有怨恨的棄婦，有可憐的瘋婦；不同階層、族群的有修女、坤伶、黑女奴；虛構的女性人物有「暖暖」、「二嬤嬤」；當然還有瘂弦寫給太太張橋橋的〈給橋〉。不論是詩的「真」還是詩的「想像」，瘂弦關於

3　余光中：〈代序·天鵝上岸，選手改行〉，《瘂弦學術研討會論文集》（新北：讀冊文化，2011 年 6 月），頁 4。

4　陳義芝：〈小傳〉，《台灣現當代作家研究資料彙編——瘂弦》，頁 40。

女性的詩歌創作為五十至六十年代甚至是現當代詩歌對於「女性關懷」提供了一個更新鮮的內容與更廣泛的文學領域。

　　普遍認為《瘂弦詩集》裡只有一首情詩，是寫給太太的〈給橋〉。瘂弦與太太在 1964 年結婚，創作此詩時兩人正在熱戀。節錄如下：

> 常喜歡你這樣子
> 坐著，散起頭髮，彈一些些的杜步西
> 在折斷了的牛蒡上
> 在河裡的雲上
> 天藍著漢代的藍
> 基督溫柔古昔的溫柔
> 在水磨的遠處在雀聲下
> 在靠近五月的時候
>
> （讓他們喊他們的酢醬草萬歲）
>
> 整整的一生是多麼地、多麼地長啊
> 縱有某種詛咒久久停在
> 豎笛和低音簫們那裡
> 而從朝至暮念著他、惦著他是多麼的美麗[5]

5　瘂弦：《瘂弦詩集》（台北：洪範書店，2010 年），頁 162-163。

這首詩寫於 1963 年 10 月，描述了一位溫婉柔美的女性，正是瘂弦的太太張橋橋的形象：病弱，沉靜，美麗。如瘂弦所言：「橋橋非常柔弱，這首詩想把她的味道拴住。」[6] 一對情人在河岸旁，或彈彈琴，或只是相依靜坐，看看藍天，已編織成一幅寧靜美好的畫面。「天藍著漢代的藍／基督溫柔古昔的溫柔」，這是超越時間和宇宙的二人空間，「在水磨的遠處在雀聲下」，這個空間遠離人群，自成一個小小的浪漫的世界。這個世界只裝得下對方，世界發生的一切都無法打擾這對情人，表現了瘂弦對張橋橋真誠而專注的愛。「讓他們喊他們的酢醬草萬歲」，這裡用了象徵和典故。「酢醬草」象徵著革命，西班牙內戰時，西班牙軍隊的領章是酢醬草做的；同時在戀愛中，與情人在一起，是可以暫時忘掉革命，這個說法是瘂弦內化了周作人的：「我在戀愛中，其他的事，他們喊他們的總統萬歲，是他們的事情。這是受周作人的影響。」[7] 這裡不僅洋溢著詩人對愛人的濃厚感情，也是非常典型的六十年代台灣詩歌的特色。當時台灣戒嚴，對文學作品的審查嚴格，詩人為了表達政治想法，隱晦的比喻和象徵手法成為了作為文學創作的避嫌而又沾沾自喜的工具：

　　1950 年代的言論沒有今天開放，想表示一點特別的意見，很難直截了當地說出來；超現實主義朦朧、象徵

6　瘂弦：《台灣現當代作家研究資料彙編──瘂弦》，頁 144。
7　瘂弦：《台灣現當代作家研究資料彙編──瘂弦》，頁 144。

式地高度意象地語言，頗能適合我們，把一些對社會的
意見、抗議，隱藏在象徵的枝葉後面，這也是當時我們
樂於接受西方影響的重要因素。[8]

這裡很好地解釋和回應了台灣現代詩的調和態度的走向。

　　對於描寫太太的詩，還有一首〈蛇衣〉：

我太太是一個
仗著妝奩發脾氣的女人。
她的藍腰帶，洗了又洗
洗了又洗。然後曬在
大理菊上。
然後，（一個勁兒）
　歌唱
　　小調。

我太太想把
整個地球上的花
全都穿戴起來，
連半朵也不剩給鄰居們的女人！
她又把一隻喊叫的孔雀
在旗袍上，繡了又繡
繡了又繡。總之我太太

8　瘂弦：《台灣現當代作家研究資料彙編——瘂弦》，頁132。

認為裁縫比國民大會還重要。

美洲跟我們
　　（我太太，想）
雖然共用一個太陽，
可也有這樣懶惰的丈夫
　　（那時我正在街上買果醬）
且不會
　歌唱
　　小調。
（……）[9]

〈蛇衣〉創作於1958年3月3日，從寫作時間可以知道當時瘂弦還沒與妻子結婚，故這位「太太」是一位虛構的太太。全篇一直以「我太太」的行為貫穿，這是一種親密的稱呼，言語間表現對「我太太」的熟悉，品味，甚至心理，體現了「我」對「太太」的包容與愛。這位太太有典型的中國婦女形象，結婚有「妝奩」，穿旗袍，平日愛刺繡、哼小調，愛美，對政治冷感。她時而很奢侈，時而很持家，還偶爾有小女人的任性與對丈夫的埋怨。整首詩讀來輕鬆愉悅、具有音樂性，人物也活靈活現。詩裡強調的「那時我正在街上買果醬」把男性放在了一個聽從妻子吩咐、任勞任怨的位置，對時代、對詩的性別意識而言是一種突破。

9　《瘂弦詩集》，頁34-35。

　　女性的存在通常伴隨著男性，因此普遍對於女性的書寫，大多都隨著愛人、丈夫等看作是男性的附屬或者表達對男性的依賴，又或者是企圖擺脫男性的牽絆。在瘂弦的婦女書寫中，有描述當時未婚的橋橋，有成婚的「我太太」，也有失婚的〈棄婦〉：

　　　被花朵擊傷的女子
　　　春天不是她真正的敵人

　　　她底裙再不能構成
　　　一個美麗的暈眩的圓
　　　她的髮的黑夜

　　　也不能使那個無燈的少年迷失
　　　她的年代的河倒流
　　　她已不是今年春天的女子

　　　琵琶從那人的手中拾起
　　　迅即碎落，落入一片淒寂
　　　情感的盜賊，逃亡
　　　男性的磁場已不是北方

　　　她已不再是
　　　今年春天的女子
　　　她恨聽自己的血

滴在那人的名字上的聲音
更恨祈禱
因耶穌也是男子
（1958 年 1 月 8 日）[10]

這一位「棄婦」不僅被男性拋棄，也被無情的歲月拋棄。
詩中一再重複「她已不是今年春天的女子」，暗示她的
「春天」已經遠去，芳華不再。曾經她令那位少年迷戀，
然而「情感的盜賊，逃亡」，男子在愛裡得逞後，拋棄
了她，厭惡了她，愛消失了。「迅即碎落」、「恨」、「血
／滴在那人的名字上」、「更恨祈禱／因耶穌也是男子」
等決絕的字眼表示了婦人的悲痛、怨恨與無助，塑造了
一位可憐的婦人形象。

〈瘋婦〉同樣描述了一位可憐的、令人同情的女性：

〈瘋婦〉
——可憐的蓓薇坐在路上，又開始嚼她的鞋子。

你們再笑我便把大街舉起來
舉向那警察管不住的，笛子吹不到的
戶籍混亂的星空去
笑，笑，再笑，再笑
瑪麗亞會把虹打成結吊死你們

---

10 《瘂弦詩集》，頁 150-151。

在憤怒的摩西像前，我坐著
全非洲的激流藏在我的髮間
我坐著。任熱風吹我
任市聲把我赤露的雙乳磨圓
我坐著。瑪麗亞走來認領我
跟她前去。我是正經的女子

我的眉為古代而皺著
正經的皺著
我不是現在這個名字
父親因雅典戰死，留下那個灰髮的女兒
是的，你們笑，該笑。我就是那女兒
我不是現在這個名字

誰叫你把藕色的衫兒撕破，把赤裸
分給相好與不相好的男子
穿窄窄的法蘭絨長褲的男子
打網球的男子，吻過就忘的男子
負心的男子。只是瑪麗亞，你不知道
我真發愁靈魂究竟給誰才好
瑪麗亞，為甚麼你要我繼續作這個蓓薇
為甚麼我一定得是這個蓓薇
蓓薇！蓓薇哪件衣服不稱他的心
餐桌布是白底紅格子的
金魚缸是換過水的

> 瑪麗亞，把蓓薇棕色的瞳仁摘下
> 跟那個下賤的女人比比吧
> （……）
> （1959 年）[11]

這是一首非常有詩歌張力的詩，充分運用了詩意的語言和融合超現實手法：「你們再笑我便把大街舉起來／舉向那警察管不住的，笛子吹不到的／戶籍混亂的星空去」，在一位瘋婦的口中，詩歌失序的語言句式變得合理，看似沒有邏輯，卻又非常符合人物的形象，更讓人從雜亂的語序中重建意義，組織成為對世界的深切的控訴，深化了瘋婦的個人形象。從詩中可以看出瘋婦的身分，她應是一名身分低下的異族女奴，準確來說是黑女奴，[12] 如「全非洲的激流藏在我的髮間」、「灰髮」、「棕色的瞳仁」等可以看出。她的悲劇不僅是單純的種族歧視，是眾多的「男子」造成，同時是社會與人性造成。她的「父親因雅典戰死」，她失去了家人，失去了依靠，是墮入悲劇的開始，身分與孤立以致她被奴役、被傷害、被侵犯，她的悲劇不但得不到救助，更被圍觀被取笑。從「瘋婦」這個獨異的女性角色的切入與塑造，到詩歌對於種族、人性、社會的批判，都可以看出瘂弦詩的創新與對世界關懷的深度。

---

11 《瘂弦詩集》，頁 152-154。
12 對於「黑女奴」的女性角色，還可以從〈船中之鼠〉、〈巴比倫〉中窺探到。

　　瘂弦對於女性的描寫遠不止這些依附男子的婦女，
他對不同身分、不同社會階級的女性都有著墨，例如〈修
女〉一詩：

　　且總覺得有些甚麼正在遠遠地喊她
　　在這鯖魚的下午
　　當撥盡一串念珠之後
　　總覺有些甚麼

　　而海是在渡船場的那一邊
　　這是下午，她坐著
　　兵營裡的喇叭總這個樣子的吹著
　　她坐著

　　今夜或將有風，牆外有曼陀鈴
　　幽幽怨怨地一路彈過去——
　　一本書上曾經這樣寫過的吧
　　那主角後來怎樣了呢

　　暗忖著。遂因此分心……
　　閉上眼依靠一分鐘的夜
　　順手將鋼琴上的康乃馨挪開
　　（1960 年 8 月 26 日）[13]

這首詩強烈的壓縮意象把修女寂寞的心情描寫出來，這

---

13 《瘂弦詩集》，頁 142-143。

是一個看似禁忌，卻又似乎合理的想像。修女應當是虔誠禁欲的，然而，當「兵營裡的喇叭總這個樣子的吹著」，一個男性空間的聲音遠遠地傳來，「兵營」不僅有男性，還是一群充滿力量與雄性激素的集體，擾亂了修女平靜的心，「且總覺得有些甚麼正在遠遠地喊」，那聲音好像是在呼喚著她，讓她開始分心，她在一瞬間成為了一位渴望愛情、婚姻與生育（「康乃馨」的意象）的平凡女性。這種對於修女「思凡」的心理描寫，在另一首詩〈憂鬱〉裡也有相似且直接的描寫：

　　蕨薇生在修道院裡
　　像修女們一樣，在春天
　　好像沒有甚麼憂鬱
　　其實，也有
　　（……）

　　一個紅歌女唱道
　　我快樂得快要死了
　　她嬉笑。憂鬱就藏在
　　曼陀鈴的弦上
　　雖然，她嬉笑
　　（……）
　　（1957 年 7 月 5 日）[14]

---

14 《瘂弦詩集》，頁 20-22。

「春天」暗示了思春、嚮往愛情，修女的身分是不允許渴望愛情的，所以身分的枷鎖與情感的無望使她們感到憂鬱，這種憂鬱是不得當的。當然瘂弦並沒有刻意去強調修女在信仰上的不忠，對於修女的情思暗示僅是一種作為「人」的天性上難以割捨的模模糊糊的留戀，這正是瘂弦一貫的對詩的情感投入與人性關懷，不刻意地熱烈放大，卻深刻而細緻。同時這裡還提到另一個憂鬱的女性：「紅歌女」，瘂弦的〈坤伶〉講的就是一位歌女的故事：

> 十六歲她的名字便流落在城裡
> 一種淒然的旋律
>
> 那杏仁色的雙臂應由宦官來守衛
> 小小的髻兒啊清朝人為他心碎
>
> 是玉堂春吧
> （夜夜滿園子嗑瓜子兒的臉！）
>
> 「苦啊……」
> 雙手放在枷裡的她
>
> 有人說
> 在佳木斯曾跟一個白俄軍官混過

一種淒然的旋律

每個婦人詛咒她在每個城裡

（1960 年 8 月 26 日）[15]

這是一首特具中國色彩的詩，這種對於古傳統、民族式的書寫是癌弦作品的其中一個特色。詩的每一個細節都是這位「坤伶」的身分寫照與凝聚，通過六個小節的情節壓縮與留白，把「坤伶」的身世、遭遇與情緒拉扯開來。她「十六歲」就「流落在城裡」，是一個淒然的基調與故事開端。很多跳躍的空間，如「城裡」、「宦官」、「清朝」、「玉堂春」、「白俄」，鋪展開了「坤伶」對於自身命運的無法掌控，她的雙手被束縛著，她申訴著「苦啊……」，旁人卻只是在磕著瓜子欣賞與消遣，甚至是玩弄她，無視她的苦痛，深化了這位年僅十六歲（或自十六歲起）的女性的身不由己與飄零淒涼。這種身不由己不但得不到男性同情，還被城裡的每一個婦人詛咒與記恨。如鍾玲言：「天下雖大，倒真沒有這位可憐女子的立足之地了。」[16] 簡短的篇幅，能夠塑造一個如此鮮明的女性形象，和流暢圓順的敘述過程，是癌弦詩的特長與魅力所在。

　　除了以上真實的妻子、不同身分的女性之外，癌弦還虛構了兩位有名字的女性，一位是少女「暖暖」，一位是老婆婆「二嬤嬤」：

15　《癌弦詩集》，頁 144-145。

16　鍾玲：《台灣現當代作家研究資料彙編——癌弦》，頁 321。

〈秋歌──給暖暖〉

落葉完成了最後的顫抖
狄花在湖泊的藍晴裡消失
七月的砧聲遠了
暖暖

雁子們也不在遼敻的秋空
寫他們美麗的十四行了
暖暖

馬蹄聲留下踐殘的落花
在南國小小的山徑
歌人留下破碎的琴韻
在北方幽幽的寺院

秋天，秋天甚麼也沒留下
只留下一個暖暖

只留下一個暖暖
一切便都留下了
（1957 年 1 月 9 日）[17]

---

17 《瘂弦詩集》，頁 14-15。

「暖暖」是一個虛構的人物，瘂弦曾表示「女孩子叫暖暖豈不是很好聽？」[18] 這是一首相對溫暖抒情的詩，是很典型的台灣現代詩，有很多美麗、飽滿的大自然景象與意象，如「落葉」、「狄花」、「湖泊」、「雁子」、「馬蹄聲」、「落花」、「琴韻」、「寺院」等，如果僅看詩的前幾節，內容與詩意是很軟弱無力的，然而最後幾句「秋天，秋天甚麼也沒留下／只留下一個暖暖／只留下一個暖暖／一切便都留下了」把詩意與詩人的情感提升了，也使暖暖這個少女的人物形象更有想像與細味的空間。所有的落葉、落花、大雁飛去等時間與最美年華的流逝都已不重要，因為有「暖暖」，可以給予人如夏天般的溫暖，把一切都取代，溫暖人心。這種暖意恰好補足了瘂弦詩歌的多樣性。

最後一位要討論的虛構女性，就是「二嬤嬤」：

〈鹽〉

二嬤嬤壓根兒也沒見過退斯妥也夫斯基。春天她只叫著一句話：鹽呀，鹽呀，給我一把鹽呀！天使們就在榆樹上歌唱。那年豌豆差不多完全沒有開花。

鹽務大臣的駱隊在七百里以外的海湄走著。二嬤嬤的盲瞳裡一束藻草也沒有過。她只叫著一句話：鹽呀，鹽呀，給我一把鹽呀！天使們嬉笑著把雪搖給她。

---

18 《台灣現當代作家研究資料彙編——瘂弦》，頁 146。

一九一一年黨人們到了武昌。而二嬤嬤卻從吊
在榆樹上的裏腳帶上，走進了野狗的呼吸中，
禿鷲的翅膀裡；且很多聲音傷逝在風中：鹽呀，
鹽呀，給我一把鹽呀！那年豌豆差不多完全開
了白花。退斯妥也夫斯基壓根兒也沒見過二嬤
嬤。

（1958 年 1 月 14 日）[19]

這首詩提供了一個新的寫作形式，每一節的句子都非常
長，不是一般的詩的斷句、短句，而是完整的散文式的
句子，增強了詩的敘事性。「二嬤嬤」是一位北方鄉村
老婦人，整首詩充滿了對北方和家鄉的懷念，與對鄉土
普羅的關懷。這種「鄉愁」的詩風是典型的台灣詩歌特
點之一，四十到五十年代像瘂弦這樣的詩人被迫從中國
大陸移民到台灣，離開了親人與故鄉，歸鄉無期，只能
隔著海岸，通過想像回憶中國的生活，是形成鄉土與鄉
愁文學系統的必然。詩裡的「二嬤嬤」是一個舊時代的
裏腳婦女，正面對著時代劇變的困難境況。這首詩富於
戲劇性，捕捉了很多苦難的瞬間，通過詩的功能把這些
瞬間連成了一段遞進的傷痛現實。詩裡有很多「白」的
意象，「鹽」、「天使」、「雪」、「白花」，「二嬤嬤」
渴望的用於維持生存與生命的白色的「鹽」一直乞求不
到，也等不到象徵糧食的開花結果的豌豆，只有「天使
們嬉笑著把雪搖給她」的諷刺。

---

19 《瘂弦詩集》，頁 60-61。

　　「二孃孃」和「退斯妥也夫斯基」是兩個完全沒有共通點的人，彼此也絕對不會認識。癌弦在這裡把兩人拉在一起，讓時代與空間、虛構與現實產生了對話，使詩的內涵與力量更豐富強烈。「二孃孃」代表著中國歷史上遭受苦難和絕境的底層普羅大眾，溫飽是唯一的訴求與生存重心，她「壓根兒也沒見過退斯妥也夫斯基」，對於甚麼是文學、甚麼是改革，都不知道，也不關心，其實根本是沒有任何能力去關心；「退斯妥也夫斯基」是書寫與記錄低下和邊緣階層的不幸的俄國大作家，他「壓根兒也沒見過二孃孃」，對於中國人面對的苦難也不瞭解，所以，書寫與記錄國人不幸的任務，在這裡交到了癌弦手上。

　　總結以上《癌弦詩集》的選篇，可以看到癌弦詩歌中，女性的角色和形象都非常豐富鮮明，表現了他創作的豐富想像力，更重要的是體現了癌弦對於女性的關注，而這種女性的關注與想像更是對於人文的關懷，具有濃厚的社會性。癌弦的詩風格多元，似乎沒有統一的顯著界線，而歸根到底不能忽略歷史背景的因素：「那正是1950、1960年代的台灣，茫茫然戀著老中國，惶惶然抓著新西洋，不知身在何處。」[20] 台灣用本土與隔離的方式想像老中國，把相隔了一道海岸的對面大陸放在回憶與自我記憶中建構出來，成為一個新的台灣文學特色，從他們對於國學的重視與對「新民族」、「新古典」的提倡可以看出。這一種不中不西正好反映了在特定時代

---

20 陳義芝：《台灣現當代作家研究資料彙編——癌弦》，頁97。

與地理背景下的詩人的自我意識與台灣文學的處境。瘂弦的詩是雜亂的，也可以說是集大成的，不論中國現代詩的走向如何，面對新文化的衝擊，新與舊、西洋與中式，縱的因襲與橫的移植，現代詩必然會產生傳承與反抗，瘂弦昂首闊步地走在中國詩漫長歷史河流中的一條必經之路上。

論吳宇森《英雄本色》電影中的英雄

區肇龍

一、引言

吳宇森鍾情俠義精神、英雄主義，在他很早的個人訪談中已親身表明這一點，他說：

我一向所堅信的東西，或我所相信人類間的美好情操、正義、一切的真善美、中國俠義精神，這世界始終好人勝過壞人、嫉惡如仇的態度，以及我一向極端憎惡邪惡、極權、專制的信念都會溶入於我的電影裡面。我會將我所相信的信念作為我的電影主題。

因此，在他的作品中每每流露正義、俠義、英雄等元素，繼而在主題創作上，都沿此一路向作為敘事建構的框架。吳導之所以成功，是他能夠把握如何在電影場域中樹立英雄的形象。

二、男性與英雄

「英雄電影」一向以男性為主導、男性為中心，因此常出現女性缺席或邊緣化的現象。出於商業考慮（以大明星作號召），「英雄本色」的第二集和第三集，較

諸第一集添加了更多女性的元素。可惜效果未如理想，原因是令電影的敘事主題由「英雄」／「兄弟」的情感糾葛演變成牽涉男女情感的曖昧關係，多元的支線令主題不突出，亦令敘事主體變得不明確。相反，第一集的聚焦處理完美，能夠把握敘事物件（「Mark 哥」、「豪哥」、「傑」），尤以「Mark 哥」為重。相反，由徐克監制和執導的第三集則銳意打造女性扮演英雄的角色，即是所謂女英雄。片中的「周英傑」（梅艷芳飾）在精神和行為上，都帶有陽剛味（單看名字已看到端倪）。在片中時時出現「周」對其他男性作出拯救和援助，女性不再是被拯救的角色，也不是純粹為男性的附屬或襯托。第三集以梅艷芳主唱的「夕陽之歌」作為電影名稱，可見導演的用心。徐克有意試圖顛覆黑社會電影一貫以男性作為中心的習慣，同時也是在顛覆吳宇森執導的英雄本色第一和第二集中的男性陽剛描寫。這種嘗試固然勇氣可嘉，然而效果未如理想。觀眾始終把焦點置於男性角色之上，加上女主角「周」的權力，實乃來自其黑社會男友「何」，這一點反而對女性權力帶來一種反諷的意味。

英雄的舉動離不開血腥的暴力行為，可以是為復仇或彰顯正義，《英雄本色》的血腥暴力場面不只用血腥來渲染，當中「白鴿」的飛舞、「Mark 哥」雙手握槍的肢體動作與姿勢、柔和的背景音樂等，都是構成「暴力美學」的重要元素，同時帶出「和平」（白鴿的象徵意義）與匡扶正義的信息。因為主人公的暴力是一種「迫不得

已」的手段，可以視作對邪惡的一種懲治，而「暴力美學」或復仇行為的施者都得依賴掌握權力／力量的男性作為主導。

綜觀「英雄本色」系列電影（共三部，第三部由徐克執導），一部比一部加添更多女性的參與元素，在第三部中甚至以女性為主角之一。然而，不論是電影中劇情的張力、渲染的情感度、受觀眾歡迎的程度都每況愈下，影響票房收益的原因，並不只是女性元素的加強，然而女性元素的加強，的確弱化了電影本身的主題和賣點，男性之間的情義和復仇使命變得模糊化，令電影整體得不到廣大的認同和正面的評價。

三、「英雄」的塑造

吳氏銳意打造「英雄本色」中的「英雄」人物，當中的人物是整部電影的靈魂，貫穿整部電影之餘，亦為帶動情節、建構故事、渲染感情起了極大的作用。因此，電影花了很多的筆墨和資源在人物角色之上，包括對於他們的性格和行為的描寫，當中運用對白等方式來呈現他們的個性和想法。而有一點是當時港產片所缺乏，又是「英雄本色」的突破——衣著。「英雄本色」的人物造型設計，成為一時佳話，坊間爭相仿效，足見造型的影響力。但最重要是，衣著有助電影中的人物塑造，令他們更容易成為觀眾心中的「英雄」。

古時「英雄」的衣著特徵是佩劍；現代「英雄」沒有固定的衣著特徵。假如古代「英雄」的「劍」是一種

武力或權力的象徵物，那麼現代「英雄」的「手槍」則可以算是一種武力或權力的象徵物了。我國自明宋之間已有人發明了以火藥為引的「熱兵器」，可惜未有得到重視，而至明清之間反而需向外國人購買大炮等「熱兵器」。不論如何，自 20 世紀以降，很明顯地，戰爭中的武器已由古時的「冷兵器」進化成現代的「熱兵器」。「熱兵器」象徵著強大、力量、武力、征服，而電影中的「手槍」則是一種城市中最常見的「熱兵器」。不難發現，「英雄本色」處處出現「手槍」，從電影第一幕「Mark哥」槍戰黑幫，到故事結尾的槍林彈雨戲，無不有「手槍」的出現。每一幕的「手槍」戲的作用除是為了推動情節之外，最重要是輔助刻劃角色人物形象。值得一談的是「Mark 哥」在夜總會親述當年出道時與「豪哥」出生入死，被人用手槍指著額頭的經歷。畫面配合著當時的大熱粵語流行歌曲〈幾許風雨〉，結合「Mark 哥」的臉部表情神色與說話語氣，說明「被人用手槍指著額頭」是一種奇恥大辱，他發誓永遠不許別人再「用手槍指著額頭」。由此進一步說明「手槍」是權力的化身，象徵著征服、武力等元素。值得留意的是，「手槍」同時代表著男性／雄性。著名瑞士語言學家索緒爾於 1916年在其代表著《普通語言學教程》（Course in General Linguistics）中提出影響後世深遠的符號學理論。他所代表的符號學派其中一點強調的是，事件或物件被賦予某項功能後，其意義已不等同其表象，他們以符徵（signifier）和符旨（signified）來分別代表表象和背

後意義。而當中有所謂的「任意性」，意思是同一件物事，當被賦予不同的客觀條件時，其意義可以截然不同。例如劍被懸掛在牆上，我們只可以視它為一件武器或裝飾物，如把劍描繪成一個角色的配飾，其所裝載的情感與用意則是符旨，包含角色懂武功、具正義感等意味。當然，要詮釋物事背後的意義，需要包含集體的認知和語言的使用習慣，以及林林總總的客觀因素。過去不少論者曾經指出符號與隱喻的關係，例如：「認知語言學中的隱喻和索緒爾的系統性相關，還在於隱喻本身離不開象似性和區別性。兩個事物因為某種潛在的或顯見的相似特徵被聯繫起來，而這兩種特徵之間又不完全等同，否則，就沒有使用隱喻的必要了。」因此，如果從電影的隱喻修辭來看，我們很自然地把「手槍」連繫到男性、武力、權力等意義之上。再者，「手槍」有著男性性徵的相似點，配合以男性「英雄」作為敘事主幹的電影來說，可謂相當匹配。

電影第一幕「楓林閣」場景成功塑造「Mark 哥」的英雄形象，條件有賴「手槍」的配置與作用。正如詹姆士・肯贄克（James Kendrick）開宗明義界定其《電影暴力》（Film Violence）一書中所討論之暴力乃為「虛構劇情片中的暴力呈現，而非指涉紀錄性影像或現實中的暴力」，且完全是指「經由表演、特效、剪輯與視覺語言所設計構築而成以符合情節所需」之暴力呈現。「Mark 哥」單人赴會，自攜多支「手槍」，並預先在花盆／花糟內放置，除了加強了懸疑感，重要是為接著的

槍戰場景增添了多重視覺效果,為塑造「Mark哥」的英雄形象起了重大作用。槍戰的過程中「Mark哥」不停開火並不停換槍,換槍的動作比換彈匣上膛有更高的速度和效率,可以在電光火石之間佔著先機。同時,換槍的舉止反映「手槍」對「Mark哥」來說是從來不缺、源源不絕的,從而更容易建立「Mark哥」強而有力的「英雄」/「男性」形象。這一幕的槍戰場景除了塑造了「Mark哥」的形象之外,亦帶出了縱使是「英雄」,但難免有弱點的道理。「Mark哥」遭到伏擊(從背後偷襲。「英雄」不作此行為),腿部受槍傷,同時為接續的情節作鋪排,並帶出了「英雄」的弱點。「英雄」並非神仙,「英雄」亦有軟弱與無助的時候,「Mark哥」從後遭到暗算,為日後生活潦倒(替舊部抹車)的情節作出合理的解釋之外,亦為「豪哥」出獄與「Mark哥」重遇的場景增添了情感的渲染力。「豪哥」出獄後在停車場內重遇「Mark哥」,經過多年,人事全非,眼前的「Mark哥」並不如寄往獄中書信所說般風光,而是瑟縮無人的暗角獨自用膳。「英雄」落難歷來常見,並不是陌生的主題。傳統「英雄」故事都有「英雄」落難的情節,目的是為接著的「復仇」鋪敘。有論者指出,「英雄」的建構有既定的模式,先是「忍耐/受迫害」,然後「復仇」。

「英雄」落難然後復仇不單加強了電影劇情的張力,同時起伏的情節進一步說明「英雄」人性化的特點,繼而拉近與觀眾之間的距離,增加共鳴感,令觀眾更投入電影之中。因此,在三位主人公當中,「Mark哥」最能

展現「英雄」的特點，在「飛鵝山」「Mark哥」與「豪哥」對談一幕可作為引證，在經過多年牢獄生涯後，加上受到弟弟「傑」的影響，「豪哥」對江湖事、復仇等都看得很淡，相反，「Mark哥」因為受迫害多年，又因復仇情結（既為自己亦為「豪哥」），所以對復仇念念不忘。所謂「英雄」迫於無奈必須以暴易暴，匡扶正義。當中吐出經典對白：「我倒楣了三年，我等一個機會，爭一口氣，不是為了要逞威風，只是想告訴別人，我失去的東西，要自己爭取回來。」「Mark哥」為了復仇、爭取、重拾，不單展現了角色的英雄氣慨，同時掩蓋了「豪哥」的光芒，亦為往後的情節開展了鋪敘。

四、結語

吳宇森的電影有其獨特的韻味，在男性化的「江湖」世界中展現了既剛且柔的節拍，「黑社會」、「暴力」的剛健與「兄弟」情感的柔和配合得十分和諧，令觀眾再三回味。當中展現的人性無非是說明正邪與暴力復仇之間，沒有絕對明晰的界線，角色會隨著劇情的變化而採取不同的行為，亦正亦邪，既黑且白。然而當中沒有摒棄社會道德主義的法則，也以一貫「江湖」道義作為建構的框架，使得角色在「江湖」的密閉場景中利用復仇作為下一步的行為，同時令此行為變得合理化以及得到不同程度的同情和認可。

淺談黃仁逵散文的比喻

陳永康

　　在網上讀到「教育局中學中國文學名著選讀簡介（中四至中六）」裡一段描述黃仁逵散文風格的文字云：「黃仁逵以洗練流暢、樸素自然的白話寫作，沒有花辭卉藻，更少用比喻……」（https://www.edb.gov.hk/attachment/tc/curriculum-development/kla/chi-edu/resources/lit/20.pdf，2021 年 11 月讀取）。我覺得有偏差。黃仁逵非但愛用比喻，且十分精彩，富幽默感，讓我們讀讀以下的例子：

一、「閒靜」有多長？別人可能不懂，肥庚默默算
　　過：大約三百五十呎。
　　《放風・遊俠》

二、路伸個懶腰再躺下（比擬）……一個呵欠像路
　　一樣長……
　　《放風・詩人的勝利》

三、像夜裡那些貓那樣，送報的車子來無聲去無息，
　　只在倒車卸貨那一會，響起跟空氣中的濕度和
　　溫度都格格不入的短短幾個電子樂音。
　　《眼白白・入睡》

四、（正在收拾剩菜殘羹洗碗盤）他老婆答，尾音
　　拖得長長地，像盤子裡一條腐乳炒水薤。
　　〈眼白白‧灣仔道上〉

五、醫師說話的語調像一片淮山，平實清晰正氣橢
　　圓……
　　《眼白白‧看醫生》

六、而所有過客，不過是一張張長著腿的票。
　　《眼白白‧對號入座》

　　以上諸例，我歸納為「信手拈來」的比喻：「閒靜」
的喻體來自肥庚每天開電車經過的架空天橋；喝醉酒的
詩人打呵欠，信手拿腳下的路作喻；夜裡多貓，來無聲
去無息，最好拿來比喻凌晨送報的車子；在描述「他老
婆」正在收拾剩菜殘羹洗碗盤時，回答丈夫時的語氣，
作者就地取材，將「盤子裡一條腐乳炒水薤」比喻她的
尾音；看醫生描述醫生的語調也在診所的百子櫃裡取一
片淮山作喻；描述領座員給乘客領座，也自然而然拿手
上那張船票比喻坐船的客人。
　　此外，黃仁逵運用比喻，總愛給讀者留下細嚼的
餘韻，且將之歸納為「引伸的喻意」，例如「十萬八千
隻皮鞋波鞋草鞋布鞋的聲音像一陣失魂雨那樣由遠而
近……」（《眼白白‧朗誦》）。此喻傳神的地方不在「聲
音」，而在賭徒「失魂」的言外之意。同樣情況如「阿

和偷偷看店東，他不笑的時候，臉像一塊墨魚刺身，白脫脫的，但你知墨魚有個地方並不白。」（《放風·中華料理》）。墨魚哪個地方不白？此喻獨到之處不在前面的臉色，而在後面的「喻解」——「墨汁」喻天下老闆肚裡都裝著「黑色的東西」。又例如「天空是一隻瘦長的變形蟲。」（《眼白白·垂直風景》）。都市有「變形蟲」一樣的天空——一方面實寫（實喻）在石屎森林裡抬頭看變了形的天空，另一方面帶出都市人「變形的生活」的悲哀。讓我再多舉一例：「要是鋼琴輕飄飄像個死人燈籠，也不可能有「搬鋼琴」這種營生」（《放風·樂手》）。世上有許多「輕飄飄」的東西，為何偏要選「死人燈籠」作喻體？提到苦力，好容易讓人想起「咕哩歌」：「唏呀呵呀，頂硬上呀，鬼叫你窮呀！」當「咕哩」的就愛以「捱生捱死」、「做死人咩！」來自嘲、埋怨生活艱苦。「死人燈籠」之喻相信是代入苦力角色創作出來的黑色幽默。

　　黃仁逵設喻還喜歡唱獨腳戲，作者沉醉於自己的比喻世界裡，一口氣交代他的「喻解」，例如《眼白白》裡的〈M筆記〉：

　　　　阿冀說。說完了又提著他的小提琴，沿一株叫「音樂」的藤蔓往上攀爬，曲曲折折疏疏密密，那九重天上，據說有貝多芬的足跡，可是貝氏流連過的那個地方還不是最高的，那回他獨自沉吟了好久，實在再無力往上攀了，復又循著原路下來……

作者照例不會停留在「音樂像一株藤蔓」的簡單比喻句上，而是要領讀者一起沿著那曲曲折折疏疏密密的藤蔓向上攀爬，帶大家探訪貝多芬的足跡——我們也樂於讀到如此生動的「比喻片段」。又例如《眼白白》裡的〈香火〉：

> 蓋子打開，那酒香，像一尾長長的，緞帶一樣的魚，在茶餐廳四下游來游去，我跟夥計說：「來幾隻杯子吧！」這魚從湘西游到北京，又從北京游來香港，一路無風無浪，最後就游進了我們的肚皮。

既然「酒香像一尾魚」，作者就順勢隨魚兒四處游走，探訪魚（喻體）的故鄉和身世；萬水千山，由湘西游到北京，再游來香港，在餐廳裡游來游去，最終游到我們的肚皮裡。生動的「喻解」成就物離鄉貴的美酒。

最後，讓我們讀讀由多個比喻組成的「比喻片段」，見《眼白白》裡的〈入睡〉：

> 我像一隻海星那樣躺著（海星習慣俯睡還是仰睡？），等著入睡，白天那些完成了或不曾完成的事，一樁一樁，如疏寥浮游的水藻，在海星頭上胸腹上拂來拂去，觸指所及，隨意就可以撈一兩個把玩把玩，偶一分神，水藻又漂遠了。且由他，不過是入夢前的玄關，萬事不必上心。

在這個片段裡，作者一口氣設計了三個比喻：「我像一隻海星」、「（心）事如疏寥浮游的水藻」、「夢如房子」——入夢有「玄關」。三個比喻融合在一起，譜寫出一個完整的、詩一般的「喻解」。

黃仁逵散文通篇運用比喻呈現主題的篇章，可以舉《放風》的〈閒偈〉為例。本篇同時寫兩個事情，雙線發展，「電影公司製片小姐找『我』演戲」好像「我在逛超級市場找食材」；「我」就是那堆「夭姚鬼命蟛雞痘皮」籮底貨裡「一根沉實的蘿蔔」。互相對照、比喻的文章結構隱藏在不經意的「閒偈」當中，下面是〈閒偈〉內容結構表：

本體	喻體
電話聊「閒偈」	逛超級市場找食材
電影公司製片小姐找「我」演戲	「我」在超級市場裡翻弄著一堆蘿蔔
我這幕後的，哪裡是當演員的材料	眼前那橫七豎八的籮底貨，夭姚鬼命蟛雞痘皮
這角色很適合你來演——一個經歷了好多事情的和尚	有幾根長得格外曲折的然而在籮底貨裡仔細地找，還是可以尋得相襯的好貨。 我翻得一根沉實的（蘿蔔）
不妨翻幾頁和尚寫的書，或是看一齣有和尚戲的DVD	買菜這回事，隨遇而安就好

　　由「比喻句」到「比喻片段」，再到「比喻篇章」，
黃仁逵喜歡運用比喻手法是顯而易見的，且變化多端，
作者設喻也絕非純粹為了取悅讀者，讓人一笑而過的花
拳繡腿。黃仁逵文章裡的比喻始終貫徹其幽默本色，包
含讓人深思的內涵。

黃仁逵《放風》，素葉出版社，2003 年 7 月。

黃仁逵《眼白白》，練習文化實驗室有限公司，2016 年 12 月。

美麗，如何可能？——
談周潔茹的小說

趙依

　　說起周潔茹的小說，我更願意將之作為一種記憶空間來打開，甚至主觀上模糊起她散文和小說的風格邊界：對記憶的回望，疊加在結構和敘事層面上的虛實，一場追憶的美學將城市與個人之間鮮活的血肉聯繫進行強制性的拆解。被反覆提及的周潔茹的標籤，無論是赴美中斷寫作，還是回流香港返場，已經可以不再多做討論。近年來堪稱豐碩的創作成果和實績，把讀者從對作家本人的好奇拽回對她作品新意的關注上。

空間美學和「人」的場域

　　確切地說，周潔茹小說故事的發生地不能簡單歸納為城市，而應是在城市空間裡。不僅在加州、布魯克林或香港、常州，也在地鐵、巴士站點或餐廳、居所和山頂、海灘，這種空間地圖也以肉身為方法，「在手臂上」或困於「51 區」和小尺碼的名牌服飾——人，總是別無他途。因此，全部故事說到底還是寫「人」的場域，與此前的「到」系列和「去」系列的空間美學一脈相承，關注行動及位移所招致的人的心理景深。移動總在進行中，按理說是此時此刻的當下或朝向未來的，周潔茹卻反在以此不斷追憶和求索，抒寫過去的消逝和懸置在人物身上的舊日隱喻與迷茫尋覓。

　　流動隨性，點狀的地理定位被人的行動連接，人與人由此產生關聯，開掘出生活的普遍境況和無意識的意義探尋。不僅是在〈佐敦〉，以阿珍為姓名的女性出現在〈婚飛〉和小說集外的其他作品，故事單元裡的「她們」，香港新移民的身分焦慮並不通過隱秘幽微的情緒呈現，而是被周潔茹直接具象為一張切實的身分證的取得。「物」的形式上的獲取成為某種身分進階的「禮拜」，所承載的日常景觀和常見信息透露出故事人物身上那些從屬的、引起幻覺的、帶著無聲目光的重複性的掙扎。生活的節奏受不可替代的「物」的宰制，人之後的存在是「物」的豐盛和工具性，勾連阿珍辛酸的家庭生存乃至下一代的入學資質，不僅是她反覆給格蕾絲強調的「真貨來的」的燕窩反過來對人實施起包圍與圍困，阿珍所遭受的搪塞和施捨，連同勤勞女性的自我成長史，又伴隨了原生家庭的擠壓和老公「給家用時候的臉」。

　　對照周潔茹小說自身的譜系，新意之一便是寫作的克制和耐心，面對歷經艱辛磨難、力圖改變命運的女性人物，作家一一直陳其事卻不撕裂，也不渲染痛苦和煽動讀者，白描的筆觸與阿珍們的直面之勇氣同構，而堅韌的姿態才是生活的真相，隱忍而不激烈，沒有頻繁的波動和大起大落，通過「人無完人，家家有經」的開闊確認人物一以貫之的認真生活之魅。終結的時間感、懸置的空間概念抑或歷史的延伸，再宏大的創作意圖，在短篇小說中有賴於作家選取的截面和裝置。〈布巴甘餐廳〉講述兩個女人似真又幻的友誼，並以此折射社會與

人生變遷。偶然又不失戲劇性的相遇使「我」與珍妮花在十年前有了兩次碰面，周潔茹以此勾勒出主人公「我」的生活情態，戀愛、交際與為人處世，充斥著內心的某種彷徨。貫穿小說的這次十年後的約見，在平頂山山頂，作家以「頂點」的英文「peak」為喻，從漢堡王到布巴甘餐廳，從那些拍照的人到女人衣服的尺碼和名牌包等。正如上山時景點以遊客名字裡是否有「p, e, a, k」這幾個字母來選擇性地提供優待，女人的友誼跟她們口中刻意說著的英文一樣勉強。

事實上，「我」和珍妮花總是同時出現，在〈鹽田梓〉、〈51區〉、〈拉古納〉、〈幫維維安搬家〉、〈洛芙特〉中，顯示出周潔茹中斷寫作數年的「新」積累——作家不浪費經驗，信手拈來的即興敘事，適時調度的自我暴露，生活軌跡、旅遊片段、感情沉浮、友誼聚散，以及筆力技法的靈活熟穩和恰如其分，統統不辜負。這幾篇小說堪稱對現代都市女性的真誠觀照和集體側寫，深刻的幽默和對生活真相的洞見，在敘事和結構上也別出心裁，作家特別地以第一人稱的開合打破時序，兼以意識流等現代小說技法的運用，沉靜克制、用筆儉省。女性友誼總是不免分歧，不單是去不去橋咀洲的路線規劃，餐廳、食物、舟車、風物的選擇差異，關於文學、電影、服飾、背包的話題，對口音（常青藤口音、廣東普通話、「鄉下人」口音等）的執著鑑別和對拍照打卡的持續性鄙夷，鋪陳於女性友人之間的抬槓、較真、八卦乃至相互的「甩鍋」和俏皮式「髒話」。周潔茹在訴

說普遍的、真實的女性友誼及其存在的典型範式——陪
伴、爭吵，但陪伴——並非網絡風靡的「塑料」情，動
輒將女性推向某種「雌競」圈定下的污名，這也是周潔
茹筆下這類小說對當代文化建構所提供的不動聲色的真
知灼見和新意義指向。

　　特別值得一提的是〈51 區〉，作為整部小說集中少
有的帶有未來性的作品。「我」和珍妮花的沙漠之旅，
既是被偶然逼迫的放逐與逃離，更是人物主動促成的有
意探索——在其他小說裡吐槽拍照打卡行為的女性們終
於唯一一次拿起相機猛拍起來。小說文本與經典電影構
成互文，漸次出場的隱匿於地圖的區域、張貼的電影海
報和「51 區」之名，掩映主人公卸下女性身分枷鎖而展
望的人類「飛地」。儘管，故事最終以人之為身體的囚
徒作罷，但十足的問題意識已然顯示出某種未來現實主
義的獨特方法。在科技不斷實現大突破的當下，「一條
徹底離開的路」或許不必再歸屬於科幻文學的專有區塊，
人物處境在小說中昭示的可觸及性，已通往科幻的實然
現實和文學議題裡新的應然向度。

風格：語言、敘事與人物

　　周潔茹的敘事語言常一兩句一行，字裡行間蘊藏一
種強大的控制力在暗中作用，經由有限的篇幅不斷拓展
內部空間的幽深、豐富與複雜，引人觸摸生活的真實表
情以及人性的隱秘地帶。正如周潔茹在某次訪談中所說，
「我的語言是我的驕傲，如果有人說我的語言不好，就

好像說我不漂亮一樣，我不會不屑一顧，我一定非常憤怒。」毫無疑問，感悟性的、隨筆式的真誠敘事，加之作家將自我敞開、融入，周潔茹的語言得以擁有真正的讀者，並與讀者建立起深刻的精神與情感聯繫。

黑色幽默和詼諧調侃的語調，凝聚作家長久以來對根基性問題的思考，讀來反倒尤為嚴肅、複雜且具孤獨況味。周潔茹借助自身擁有的敏銳的時間感，在小說裡反覆標識特殊的時刻並以某種重複性的語言風格進行張揚。這些精確到分秒的小說時空定位，既是敘事節奏的張弛急緩，更是異常文學性的時刻。交織著作家預設的人物命運、精神脈絡和終極歸宿，同時又如生活本身般不著痕跡、複雜莫測，疼痛、偉大以及可敬可愛。有時候，周潔茹會在不同的小說裡寫下雷同的片段（對話片段或日常生活片段），或者幾部小說共享近似的開頭，以此顯示它們的同題性和文本的超鏈接屬性；或者在同一篇小說的前後部份重複相同或相似的片段，以誠如其實、如其所是的方法給定小說的敘事時序，從而拒斥參差難辨的論者闡釋（如〈682〉、〈黃蜂爬在手臂上〉）。

相當一部份小說的文本主體是人物彼此間的對話，但偏不加引號，彷彿周潔茹時時刻刻在場，提防人物在訴說中出現常見的情緒冗餘和情感溢出。以使痛苦的不至號啕，憤怒的不至咆哮，悲傷的不至崩潰，卻也絲毫不回避衝突、問題和真相，以平淡幾句話勾勒人物滄桑，簡要詞語追問人性內核，宛若時過境遷的記錄和溯源。〈貝斯〉就是帶有作家記憶和切膚之痛的作品，周潔茹

通過吉他和貝斯、小蘋果和小花朵的難分難辨製造敘事迷霧，不管是情感故事還是樂隊題材，總歸務求避免生命體驗的過度滲透和一眼到底的識別性。同時，作家又難以抑制地想要擁抱回憶，周潔茹不斷化身為一個個具體的故事人物登台，如潛行於一場浸沒式戲劇，觀眾即演員，寫作者亦是被寫者，共同演繹對話的「寡言」形式與可能性，「小蘋果說你不要寫我啊，你要再寫我我就抽你。我擔心著她抽我，又擔心著失去她，我只能去看很遠的遠方，那兒有一叢竹子，我甚麼都不想說了。」

細數小說集裡個中人物風格，周潔茹恐怕把「新香港人」的語言寫得最為生動。蹩腳的廣東普通話，精英的常青藤口音，或者暴露原鄉的發音，乃至敘述話語中各類名稱的音譯詞，都成為抵達諷刺意味的元素。一方面，那些老公生意失敗或老公患癌、癱瘓的女性的確不幸，需要以口音為道具謀求模糊的身分認同；另一方面，那些偏要說英語的和操持華麗口音的優渥女性，虛偽、苛刻，卻也相應為難著自己，就像她們翻檢彼此的朋友圈、甄別包包的真假顯示區隔，也依然虛無、空洞和缺乏方向與行動力量。也有與作家旅居生涯相伴、在「到香港去」之前發生的故事，〈生日會〉描述情感褪色後的記憶變形，叩問情感真實乃至生活真相的虛妄；〈三打一〉中的人物，快要動身去香港，友誼如何地久天長？〈盛夏〉寫常州、北京兩地，去年今夕兩人的顛倒處境，人生倏忽錯落如斯，與〈美麗閣〉中的阿美、阿麗異體同心，女性人物的口音流轉，選擇使用的語種和語氣，

終歸要與她們的所在地、家庭境況、營生好壞不謀而合。

而舊日時光、此刻當下、未來留待，都不妨借周潔茹小說〈美麗閣〉之名尋覓——

美麗，如何可能？

一如周潔茹的創作內外，一如我們的生活表裡。

作者簡介

1. **小書**，文創活動策劃組織 Market Fairish 創辦人，曾於《全民媒體》、《輔仁媒體》及《閱刊》發表作品及評論文章。著有《小情書》。

2. **孔慧怡**，一九八六年加入香港中文大學，出掌翻譯研究中心，兼任國際刊物《譯叢》主編，十年前離開學術界，尋找個人空間。《不帶感傷的回憶》榮獲香港文學散文雙年獎。

3. **尹文羽**，教書人、中大中文系碩士在讀。於世間躑躅，汲水其中，閒暇下筆。

4. **文津**，曾獲第二十二屆香港青年文學獎小小說高級組亞軍。有短篇小說收錄於《駝跡》(陳家春主編)等小說集內。

5. **文滴**，文滴作品曾刊於《香港文學》、《明報》、《字花》、《80後十位香港女詩人：詩性家園》和《2011香港詩選》。

6. **王芷茵**，畢業於北京清華大學、香港中文大學，主修中國語言文學，現任大學兼職講師。合編有《香港文學書目續編 1996-2016》。

7. **朱少璋**，現為香港浸會大學語文中心高級講師、「香港文學推廣平台」主任。近年尤專注於廣東戲曲唱詞研究以及珍罕文學材料的整理工作。

8. **何紫薇**，從事寫作、出版及閱讀推廣工作，現寫作多個專欄文章。父親乃已故兒童文學作家何紫。

9. **余言**，寫詩、寫天空與海之間。作品散見於《聲韻詩刊》、《香港文學》、《大頭菜文藝月刊》、《葡萄園詩刊》等文學雜誌。

10. **吳邦謀**，香港收藏家協會高級副會長，專門收藏有關張愛玲的著作、文獻、舊照、報刊、雜誌及戲橋等。著作有《回到啓德》、《香港航空 125 年》、《說航空‧論飛機》等。

11. **李文靜**，1998 年夏日生。畢業於香港中文大學中文系。相信詩的偶然大於必然。正在平凡日常中尋找初生的語言。

12. **李藏璧**，曾任香港電視台教育節目和佛山電台英語一分鐘主持。近年出版詩集有《水澹雲濃》、《今晚 且乾杯》、《鎖禁的美麗》、《霜白鴉啼》。

13. **沈舒**，本名馬輝洪，現任香港中文大學新亞書院錢穆圖書館主任。合編著有《香港相思——余光中的文學生命》、《書影留蹤——中國現代文學珍本選》等。

14. **林馥**，香港女作家。香港作家聯會會員、鑪峰文藝社會員、華文微型小說學會會員及香港小說學會會長。

15. **宣希**，本名周華梅，教育碩士（戲劇與語文教育），喜歡旅遊，更喜歡文學及創作。合著《探美求真》。

16. **胡燕青**，曾任職浸會大學副教授，現從事翻譯及編輯工作。作品包括新詩、散文、小說、少兒文學、語文教科書等共五十餘種。

17. **席輝**，愛閱讀、愛幻想。寫小說、散文、新詩。作品散見香港、台灣、內地、美國、澳洲以及印尼等地的報章、雜誌。

18. **區肇龍**，北京師範大學文學院文學博士，二〇一九年獲邀出任國立台灣大學中國文學系訪問學者。著有《金庸：香港小說的誕生》。

19. **張海澎**，香港大學哲學博士，著有《分析邏輯》、《思考方法》、《語言無言——張海澎詩集》、《張海澎短詩選》等。

20. **張惠**，現任香港珠海學院中文系助理教授，香港紅樓夢學會會長等。研究領域包括中美紅學、國學與漢學，中國古典小說與戲曲等。

21. **張楨**，現任香港珠海學院校董。熱愛音樂與詩歌，擔任北大校友詩歌朗誦協會理事秘書長，北京大學校友愛樂俱樂部理事。

22. **惟得**，一九七〇年代開始創作小說，多刊於《大拇指週報》，並任該刊書話版編輯。近著有：《亦蜿蜒》、《路從書上起》、《或序或散成圖》等。

23. **荷悅**，在香港接受大學教育，主修翻譯，獲文學學士。其後曾往美國工作及深造多年。喜愛寫作、書法、繪畫及到各地遊歷。

24. **陳永康**，現職中學教師，撰有《新詩讀寫基本法》、《新詩賞析基本法》、《愛情詩賞》。

25. **陳芳**，筆名連瑣。近二十年來，任職雜誌編輯，沉浸在字字句句的河流裏，著作有散文集《感子故意長》、《呢喃》。

26. **陳美濤**，香港大學中史系博士生，2021 亞洲小姐才華大獎，已出版《真實虛擬一鏡過》等七本小說，製作 Youtube 頻道「口述武俠」。

27. **陳煒舜**，現任教於香港中文大學。編著有《屈騷纂緒》、《從荷馬到但丁》、《神話傳說筆記》、《先民有作——古逸詩析註》等。

28. **麥華嵩**，著有散文集《觀海存照》、《聽濤見浪》，藝術欣賞隨筆集《極端之間的徘徊》，短篇小說集《浮世蜃影》，長篇小說《海角‧孤舟》等。

29. **勞國安**，現職圖書館館員。作品曾刊於《城市文藝》、《字花》、《香港中學生文藝月刊》、《新少年雙月刊》、《香江藝林》及《小說與詩》。

30. **游欣妮**，現職中學教師。曾獲香港中文文學創作獎新詩組優異獎及大學文學獎新詩組優異獎等。榮獲第二十九、三十屆中學生好書龍虎榜「中學生最喜愛作家」。

31. **紫砂**，畢業於香港大學文學院，主修中國語文及文學，作家阿濃之小徒，常於網上發表小說及散文，寫愛情、寫遺憾、寫人生。

32. **雯彬**，作品曾發表於《皇冠雜誌》、《講義雜誌》、《香港作家》、《新華文學》、《詩刊》等。著有長篇小說《愛的紀念》。

33. **黃秀蓮**，曾獲香港中文文學雙年獎。中文大學圖書館「任白珍藏展」——《九十風華帝女花》之策展人。

34. **楊興安**，文學博士。著有《金庸小說與文學》、《浪蕩散文》、《現代書信》等多種著述，現為香港小說學會榮譽會長。

35. **葉英傑**，香港出生。曾獲青年文學獎及中文文學創作獎。《旁觀生活》於二〇一九年獲第十五屆中文文學雙年獎。剛出版詩集《時差繁衍》。

36. **趙依**，清華大學中文系博士生。曾獲《北京文學》優秀新人新作獎、《小說選刊》最受讀者歡迎小說獎等。著有評論集《物色——文學的維度與標識》等。

37. **潘步釗**，現職中學校長，出版作品包括《方寸之間》、《邯鄲記》、《不老的叮嚀》、《脂粉與顏色——散文寫作技巧談》及《讀書種子》等十多種。

38. **潘明珠**，香港兒童文學作家，著有《曠野銀球》、《超級哥哥》、《與兒童文學共舞》（散文）、《八哥的新朋友》、《樹的家族》；與潘金英合著書九十種。

39. **潘金英**，香港兒童文學作家，近作有《城市天匙的迷思》、《為夢想找顆心》、《兩個噴泉》；詩集《大自然禮讚》、《當我們在一起》等；與潘明珠合著書九十種。

40. **蔡思行**，香港地方志中心執行總編輯，閒來搜羅1950年至70年代的香港舊書刊，並喜歡從這些「陳年佳釀」中，訴說古今對照的香江情趣。

41. **蔡益懷**，任教多間香港院校，教授創意寫作等課程。著作有《東行電車》、《前塵風月》、《客棧倒影》、《小說，開門》、《創作，你也能》等。

42. **鄧阿藍**，詩作曾發表在《中國學生周報》、《大拇指》、《香港文學》等。著有詩集《一首低沉的民歌》、詩合集《十人詩選》及與馬若合著《兩種習作在交流》。

43. **盧嘉傑**，寫作人。編輯。夢想，與文字一直混下去。作品散見於《字花》、《聲韻詩刊》等。

44. **蕭欣浩**，「蕭博士文化工作室」創辦人，著有：《解構滋味：香港飲食文學與文化研究論集》、《流動香港飲食誌》。

45. **謝越芳**，杭州出生，八十年代定居香港，曾在報業任職，後轉財經界。出版小說集有：《紅粉奇緣》、《紅顏》、《柳家巷的女人》等。

46. **鍾偉民**，香港及澳門專欄作家及詩人。著作有《雪狼湖》、《花渡》、《狼八式》等。

47. **驚雷**，香港年輕詩人，現職中學教師。曾獲城市文學獎等新詩獎項，作品散見於《聲韻詩刊》等港台文刊。

週末飲茶
第一冊

編　　輯：徐詠欣　梁穎琳　黎漢傑　盧嘉傑　羅學芝
責任編輯：梁穎琳
封面設計：Kaceyellow
內文排版：多　馬
法律顧問：陳煦堂　律師

出　　版：初文出版社有限公司
　　　　　電郵：manuscriptpublish@gmail.com

印　　刷：陽光印刷製本廠

發　　行：香港聯合書刊物流有限公司
　　　　　香港新界荃灣德士古道 220-248 號
　　　　　荃灣工業中心 16 樓
　　　　　電話 (852) 2150-2100　傳真 (852) 2407-3062

臺灣總經銷：貿騰發賣股份有限公司
　　　　　　電話：886-2-82275988　傳真：886-2-82275989
　　　　　　網址：www.namode.com

新加坡總經銷：新文潮出版社私人有限公司
　　　　　　　地址：71 Geylang Lorong 23, WPS618 (Level 6),
　　　　　　　　　　 Singapore 388386
　　　　　　　電話：(+65) 8896 1946　電郵：contact@trendlitstore.com

版　　次：2022 年 1 月初版
國際書號：978-988-76022-3-1
定　　價：港幣 98 元　新臺幣 300 元

Published and printed in Hong Kong